华文微经典

中国微型小说学会
世界华文微型小说研究会
主持

许均铨

西蒙的故事

四川出版集团 四川文艺出版社

图书在版编目（CIP）数据

西蒙的故事／（中国澳门）许均铨著．——成都：四川
文艺出版社，2013.2
（华文微经典）
ISBN 978-7-5411-3666-5

Ⅰ．①西… Ⅱ．①许… Ⅲ．①小小说－小说集－中国
－当代 Ⅳ．① I247.8

中国版本图书馆 CIP 数据核字（2013）第 031606 号

华文微经典
HUAWEN WEI JINGDIAN
［世界华文微型小说经典］

西蒙的故事
XIMENG DE GUSHI

［中国澳门］ 许均铨　著

选题策划　时上悦读
责任编辑　向　华
封面设计　所以设计馆

出版发行　四川出版集团 四川文艺出版社
社　　址　四川省成都市槐树街 2 号
网　　址　www.scwys.com
电　　话　028-86259285（发行部）　　028-86259303（编辑部）
传　　真　028-86259306
读者服务　028-86259293

印　　刷　北京山华苑印刷有限责任公司
开　　本　650mm×920mm　1/16
印　　张　13
字　　数　120 千
版　　次　2013 年 4 月第一版
印　　次　2014 年 1 月第二次印刷
书　　号　ISBN 978-7-5411-3666-5
定　　价　35.00 元

华文微经典

作者简介

　　许均铨，澳门人，祖籍广东台山，1952 年 12 月 27 日
出生于缅甸仰光市，缅文名字 U KyawWin，1986 年 7 月开
始发表作品，在中国内地和港澳台地区及世界各地发表各
类作品近四百篇，有十二篇小说、散文等参加大陆、澳门
各类征文比赛并获奖。著有《澳门许均铨微型小说选》、小
小说集《一份公证书》等；合编著《缅甸佛国之旅》《归侨
在澳门》；合编《缅甸华文文学作品选》《缅华散文集》《缅
华诗韵》等。

前言

　　有人曾说，地不分东西南北，凡有人类生活的地方，就有华人的身影。话虽有玩笑的成分，但当前华人遍布世界各地，却也是不争的事实。扎根世界各地的炎黄子孙，他们的生活状况如何？他们的情感世界怎样？他们的所思所想何在？……要找到这些答案，阅读他们以母语写下的文字无疑是最好的方法之一。诚然，并不是有华人的地方就有华文创作，但在一些主要的国家和地区，华文创作几十上百年来一直薪火相传所结出的果实，显然也是令人瞩目的。遗憾的是，因为多种原因，国内的读者多年来对海外的华文创作了解甚少。尤其对广布世界各地的华文微型小说这一重要且具代表性的文体，更只是偶窥一斑而不见全貌。"华文微经典"丛书的出版，可谓弥补了这一缺憾。

　　海外的华文微型小说创作，主要分为东南亚和美澳日欧两大板块。两大板块中，又以东南亚的创作最为积极活跃，成果也更为突出。东南亚华文微型小说创作兴起于二十世纪八十年代初，各国在时间上又略有先后。最早开始有意识地从事微型小说的创作，并且有意识地对这一新文体进行探索、总结和研究，而且创作数量喜人、作品质量达到了一定艺术高度的，是新加坡和马来西亚；稍后于新加坡和马来西亚的是泰国，再后是菲律宾和文莱，再后是印度尼西亚。在发展过程中，各国的创作曾一度因具体的历史原因而存在较大的差距，但这一状况在近十年来正日益得到改善。

美澳日欧板块则因创作者相对分散，在力量的聚集上略逊于东南亚板块。不过网络的发展正在弥补这一缺憾，例如新移民作家利用网络平台对散居各地的创作进行整合，就已显现出聚合的成效。

新移民的创作是海外华文微型小说创作中近十多年来涌现出的一股新力量。尤其是近年来随着作家对当地文化和生活的日渐融入，其创作已日渐呈现出新视野，题材表现也开始渐渐与大陆生活经验拉开了距离，具有了海外写作的特质。

以上是对海外华文微型小说发展的一个简单梳理，而"华文微经典"丛书的出版，正是对这一梳理的具体呈现（为避免有遗珠之憾，丛书也将有别于中国内地写作的港澳地区的华文微型小说写作归入其中）。通过系统、全面、集中的出版，读者不仅可以得见世界范围内华文微型小说创作风姿多样的全貌，更可从中了解世界各地华人的文化与生活状况，感受他们浓郁的文化乡愁，体察他们坚实的社会良知，深入他们博大的人文关怀，触摸他们孜孜不懈的艺术追求。书籍的出版是为了文化和文明的传播与传承，我们希望这一套丛书能实现一些文化担当。我们有太长的时间忽略了对他们的关注，现在是校正这种偏差的时候了。这也正是丛书出版的意义和价值之所在吧。

目录

一个招牌掉下来

早晨，某医院病房，三张病床，三位男病人，姓赵、姓钱、姓孙。三个人岁数加起来，近两百岁，三个人都包着绷带。

他们都是昨晚出席一个社团庆祝活动后在回家的路上受的伤。

赵一头白发，受伤的部位是耳朵和右肩膀。他从病床上下来，从衣袋里掏出一个精致的名片夹，口中说着"多多指教"，向同室的病友钱和孙递上名片。

钱和孙没下床，接过名片后，马上回复："久仰！久仰！"

赵可是大有来头，名片上是三个联谊会的会长，五个同乡会的名誉会长，十一个社团的顾问、理事或监事。

赵看着钱和孙在吃力阅读自己头衔时，有一种飘飘然的感觉。十九个头衔印在一张名片上，字数是多了一点儿，连他自己都背不出有多少头衔。每逢收到宴会请柬，他都要拿出眼镜或放大镜对照名片，看看自己是不是这个会的会员。

钱头发稀少，全是黑发，如果仔细看，发根部分有白色。钱坐在床上，不能下床，他的右脚包着绷带，他也从口袋中取出名片夹，名片是双折，先递一张给赵。赵接过之后说："久仰！久仰！""我下不了床，请您帮我递给他。"钱说着举起左手，指一指躺在病床上的孙。

赵将钱的名片交给孙，孙马上说："久仰！久仰！"

钱是三个体育会的会长，五个体育会的名誉会长，六个同乡会、联谊会的名誉顾问、顾问，八个会的监事长或理事等，一共二十二个头衔。

钱看着赵在吃力地读着自己名片上的头衔，再望一望孙后，脸上浮现出一种优越感、胜利感的表情。他的名片让两位病友知道自己也不是泛泛之辈。

躺在床上的孙伤势较重，他头部包着绷带，看不到他头发的颜色。他接过赵和钱的名片后，也从口袋中取出名片夹，赵和钱都睁大眼睛。赵看到孙招手，他走过去，接过孙递过来的三折名片，赵看了一眼后，感到自己矮了两截。赵把孙的名片递给钱时，钱也感到自己矮了一截。

孙的来头更大，是五个研究会、研究社的会长、社长，九个世界级别的名誉会长、顾问，还是十七个海外联谊会的常委、委员、副理事长、副监事长等，共有三十一个头衔。

正当三位社团领导、社会贤达在互相了解对方时，一位护士带着一名青年警员走进病房。

"昨晚我已将三位受伤的经过都全记录下来了，今天来看看，还有没有需要补充的数据。你们三位是在街上走路，听到有人叫'会长'，你们同时停下脚步，以为是叫你们。后来发现不是叫您三位。此时，一个招牌掉下来，先是砸到赵先生的肩，伤到耳朵，接着砸到孙先生的头，最后砸到钱先生的脚……"

警员将记录读了一遍。

最后一页纸上有一道算术加法：19+22+31=72。

一个招牌掉下来，伤着72个社团的会长、社长、名誉会长、顾问……这只是警员的算术题，没有念出来。

"非常对不起！对不起！对不起！"一个长得肥头大耳的男士走进病房。他姓李，西装笔挺，头发光亮。病房里所有人的目光一下子被李的声音所吸引，都看向他，还有他身后那两位妆扮时尚的女子，手中各提着一大包礼物。

"世伯！早上好！"警员李姓男士问候，原来是熟人。

"昌仔！原来是你跟这件案子。等我先同几位认识一下。"肥头大耳的李姓男士掏出一个金属盒子，取出四折的名片与三位受伤的社团领袖交换名片，然后抱拳说："我饮食店的招牌掉下来，砸伤了三位，我很内疚。昨晚三点钟，我才从邻埠回来，医院规定夜间不能探病，要不我昨晚就过来了。

今早，我带着秘书马上赶到医院探望三位，备有薄礼，不成敬意，请三位笑纳。"他挥一挥手，两位时髦的秘书小姐给三位病人各送上了一大包礼物。

"让你破费！"三位社团会长异口同声地说。

"有道是'不打不相识'，我们是'不掉不相识'啊。如果不是招牌掉下来，我还没机会认识三位……"李姓男子风趣地说。

"昌仔！我已同三位会长谈妥，此案我们之间私了。"肥头大耳的李姓男士对警员说。

"世伯！你有办法。我知道你忙，你有五间饮食店，又是三十六个社团的大哥，人脉广，案子私了最好，你不烦，我也不烦。请各位到警局办理消案手续。"警员在李姓世伯与三位受伤的会长聊天时，快速数了一下头衔。他怕数错，又确认了一次，三十六，没错。

私了，好！警员昌仔十分开心地离开了病房。

"三位会长！我下星期日要成立一个新社团，邀请三位会长出任名誉会长，给兄弟我一个薄面，不知三位会长意下如何？"

病房里的三位会长欣然答应，十二分的开心。

在一阵"客气""多谢"声中，肥头大耳的李姓男士带着两位妆扮时尚的秘书走了。

"有意思！真有意思！这个世界，能用钱解决的问题就不是问题。"肥头大耳的李姓男士说，"你们看，有名誉会长当！皆大欢喜！现在是'和谐社会'，社会要和谐，哈哈……"李十二分的开心。

"新社团的名誉会长原来有九十七位，加上三位，刚好一百位。"一女秘书说。

"会长！还真是有意思。一个招牌掉下来，砸出三位名誉会长。"另一女秘书说。

袖珍图书馆

　　二十世纪六十年代中期的一个星期日，在高原某华侨农场十一村的故事。

　　村俱乐部附设有袖珍图书馆，义务管理员尹惠芳正在整理图书，一百多本。二十一岁的她特喜爱看小说，她原本生活在缅甸仰光，读完华文高中后，很想上华文大学，缅甸没有华文大学。她的第一个愿望就是回国上大学，第二个愿望就是像《李双双》等电影中那样，参加热火朝天的社会主义建设。

　　她告别瑞德贡大金塔，从仰光市郊国际机场直飞昆明。到达昆明一个星期后，她被分配到这个华侨农场十一村参加社会主义建设。她的第二个愿望先实现了。这一晃就是一年，让她始料未及的是，平淡且又苦又累的农场工人生活并没有电影中那种热火朝天的激动场面。

　　原来爱阅读的她，到农场后有了更多的时间去阅读小说。尤其是当上图书馆义务管理员之后。

二十三岁的卢文华也是归国华侨，回祖国前在缅甸掸邦首府东枝市居住，当时他从东枝市经腊戍市到了祖国边境的畹町镇。他原本也想上大学，回到祖国后，很快就被分配到华侨农场十一村建设社会主义。

星期日他没事做，手拿一本小说《青春之歌》，走上水库堤坝，坐在一株桉树下。他没有翻开《青春之歌》，而是望着水库少量的积水发呆。他一下子想起离东枝市不远的良瑞市的茵莱湖。那是一个大得望不到边际的高原湖泊，也是卢文华常去旅游的地方。

他终于翻开书了，扉页上有一首诗："此书不借人，借去不回城。若想借此书，需要保证人。"端正且秀丽的钢笔字，署名是"尹惠芳"。这本书在他手中已有好几天了，有的篇幅已反复看过几遍，他没马上把书还给主人，是因为这本书不是主人借给他的。

他走下水库，朝村图书馆走去，今天大部分的农场工人因假日去附近的小镇赶街（赶集）了。村俱乐部里很安静，图书馆里只有尹惠芳一人在看书。见到卢文华走进图书馆，她很热情地打招呼："没去赶街？"

卢文华摇摇头，神秘兮兮地说："我要做一件很重要的事。"

"我们从国外回到这里，白天不是种棉花，就是种苞谷

（玉米），晚上开会学习，会有什么重要的事？是不是安排你给大家读报？"尹惠芳看书闷了，遇到一位说话的村友，拉开了话题。

"现在正在搞四清运动，你还是不要随便讲话。你是不是有一本《青春之歌》？"卢文华一下子把话题一转，他的心，也因这书名而加快了跳动的速度。

"我是买了一本《青春之歌》，让我表姐借去了。你想看吗？"尹惠芳大方地说。

"借你的书要有保证人，我一下子找不到保证人。"卢文华开始变得不自然。

"我和表姐在缅甸是同学，表姐说你读书时常说'书中自有黄金屋，书中自有颜如玉'。你是一个爱书之人，你借书不用保证人。"尹惠芳大方地说。

卢文华很不自然地打开用旧报纸包着的书，尹惠芳看到后很意外。

"这本书怎么到你手上的？哦！你没经过我的同意，你是跟我表姐借的。"尹惠芳突然恍然大悟。

卢文华点点头。"你不怕书借出之后不回城吗？你想要回这本书吗？"卢文华感觉已经到了被判决的时刻，他人生中第一次感到女性的恐怖。

"这本书是我的，我上星期日去赶街买回来的，很贵的，我两天的人工啊！表姐先借去看了，我的书我当然要要回来。"尹惠芳不明白卢文华为什么会说出这样语无伦次的话。

"是你跟我要回去的。"卢文华说完后手有点儿发抖，把书递给尹惠芳。

尹惠芳接过书，随便翻了一下，见到最后一页好像有钢笔字迹，书已合拢。她重新翻到最后一页，看了一遍，看后她低下头，脸红得不敢说话。

卢文华看尹惠芳没有生气，他觉得尹惠芳今天对他的判决应该很理想。"书是你跟我要回去的。我感到自己是幸运的，书中虽没找到黄金屋，可果然在书中找到了颜如玉。"

尹惠芳红着脸，没生气，她含羞地看了卢文华一眼，重新低下头。她不会说话了，因为所有的一切发生得太快了，她的手心在冒汗。

最后一页写了一首和诗："此书若借人，必定不回城，要回此书人，定是我爱人。"署名"卢文华"。

无名氏的赞助

微威国某社团属下的茶室，有多位客人在喝茶。

身材粗壮，年过六十五的熊勇强是该社团的副会长，也是茶室的常客。每逢星期日，熊勇强喝完茶就会到茶室隔壁的麻将馆打几圈。

四十年前，他带着怀孕的妻子移民到微威国，靠木工手艺，进入了房屋装修行业。几年后，他育有三子一女，生活压力很大。可熊勇强性格豪爽，只要有朋友提出要他帮忙，他都会量力而为。

此时茶室进来一位年龄与熊勇强差不多、身材清瘦的魏宏忠，当他看到熊勇强时，愣了一下，脚步也停了下来，想转身走开。正低头喝茶的熊勇强此时抬起了头，见到魏宏忠，也愣住了。

"强哥！今天见到你，真难得！"魏宏忠与熊勇强四目相对，已不能转身走开，只好先开口打招呼，接着走到熊勇强一人坐的桌子，坐了下来，顺口叫了茶点。"强哥，今日这杯茶我请你，要不你就不给兄弟我面子。"

"很少见你到这一带来喝茶。我们有几十年没见面了。"熊勇强淡淡地说。

"我一直在上班，刚退休两个月。几个子女都劝我不要做工了，去公园找朋友下棋，或找朋友打麻雀，过几年轻松日子。我几个孩子都很孝顺，有两个孩子大学毕业做了公务员，还有两个是电工。我孙子都有五个了。你有几个孙子？"魏宏忠有点儿得意，边说边望向隔壁的茶客，希望有茶客听到他的威水史①。

"我有两个孙子，三个孙女。阿嫂好吗？"熊勇强还是淡淡地说。

"你阿嫂这几年身体差多了，我们苦了好多年，孩子大了，我们也算熬出头了。我们能有今天的日子，还得谢谢你，熊哥。如果当年不是你鼎力相助，帮我们一家申请移民，可能我们现在还在农场种田。"魏宏忠说话时脸上有感激之情。

"都过了几十年，还提起那些小事？"熊勇强听到魏宏忠的话后淡淡地回了一句。

———————————————

①威水史：是指曾经很威风的一面。

两位三十几年没见面的老朋友，东拉西扯地聊了一阵，魏宏忠坚持埋单："几十年没见，你不给我埋单，就是看不起我。"

　　喝茶不过几十元，熊勇强也就由他去了。

　　埋单后，魏宏忠从口袋里取出三张黄色千元大钞："熊哥！给你喝茶。你已经是老板了，有公司，你不在乎这点儿钱，可这是我的一点儿心意，你不收下，就是看不起我。"魏宏忠嗓门特大，他在还人情债。

　　熊勇强知道今天的偶然相遇并非魏宏忠的意愿，他们年轻时是朋友，熊勇强移民到微威国后，知道他一家在一个农场，当时生活艰苦，熊勇强尽力帮助他家移民。当魏宏忠一家六口移民到微威国时，囊中羞涩，要求住入熊勇强家。

　　熊勇强的家两室一厅仅有五十平方米，一家六口已经很拥挤了，如果再加入一个六口的家庭，那就真是挤上加挤了。熊勇强没同意魏宏忠一家住入的要求，而是建议魏宏忠先租个房子。魏宏忠因此觉得熊勇强很小气，一气之下，三十几年都没再去过熊勇强家。

　　这几十年，他们虽然在路上多次相遇，但也不打招呼。

　　熊勇强并没有怪魏宏忠，新移民总是有很多困难。他也不在乎魏宏忠不理自己，他的朋友很多，少一个也没什么。

　　现在见魏宏忠一定要给自己三千元钱，他知道对方的用意。"那就谢谢你了，有时间再喝茶。"熊勇强大方地接过三千元。

魏宏忠看看周围，见到有人看见他给熊勇强钱，他才如释重负，满意地离开了茶室。

熊勇强手拿三千元，没装入口袋，而是拿在手中，把钱当扇子，扇了几下。他在想，这钱该如何处理。他站起来，原本要去右边的麻将馆打几圈麻将，但他改变了方向，走到左边的社团办公室。

"捐款！三千元。"熊勇强对办公室秘书说。

"熊勇强副会长！您真是一个热心人，为了本社团周年庆典，您昨天已经捐了三千元，还要捐一次？"秘书边说边取出一本收据簿。

"不是我捐的，我是代一位朋友捐的。"熊勇强说。

"什么名字？"秘书问。

"无名氏。"熊勇强说。

"无名氏？"秘书愣了一下，"没想到这年代，还有不留名的赞助人士，真是高风亮节。请您代表社团谢谢他。"秘书开完收据，交给熊勇强，接过三千元，很感动地说了一句。

"确实是。我知道怎么对他说。"熊勇强接过收据后，也如释重负，轻松地离开了社团办公室。

马夫阿强

阿强躺在床上，脚上包着绑带，他的腿看起来又白又粗。现在天气热，风扇也驱不走室内的暑气。他只穿了一条短裤，左腿上长满脚毛，两条腿一黑一白。

阿强原来是码头的搬运工人，四肢发达，喜欢喝酒。由于身体结实，碰到较重的货物，他总是帮助工友。

自澳门工业转型之后，来往码头的原材料少了，他又转到了今不如昔的建筑业做钉板工人，也是三天打鱼，两天晒网的。后来，在朋友的介绍下，他到了凼仔的赛马场当马夫。

马夫与名贵的纯种马相比，显得微不足道。一匹名贵的纯种马的价值远比十条人命值钱。阿强按照上级的指示：少喝酒，按时喂马、遛马，要爱马匹，努力培养与马的感情。

马得势丝毫不逊于人得势，它虽不能说话，却能用行动表示！阿强被马咬到胸口一下，养伤多日，至今伤疤还在。他发现马性比女人更难捉摸。他努力工作除了为那份薪水之外，最大的愿望是他喂养的马在赛场上胜出，那样的话，他就会得到马主人的一笔奖金。

与他一起当马夫的工友，有的被马踢伤，有的因为时间安排不妥或感到乏味而辞工，可前来见工的人却一直不断，甚至有女人也想挑战这份工作。阿强坚持了下来，每天牵马散步，也不计较马咬过自己一口，为马付出了精力和感情。

三天前，他照样牵马去散步，突然间马性大发，阿强一时没拉紧缰绳，手一松，马的后蹄踢到他的右脚。阿强倒在地上，马脱缰而去。阿强疼得爬不起来，血顺着伤口流了出来。他被工友抬上了担架，被救护车送到了医院。

值得庆幸的是，阿强的脚并没有被马踢断。他不恨那匹踢他的马，他养好脚伤之后，仍然回去当马夫。野性越大的马跑出好成绩的可能性就会更大。如果他养的马能跑出好成绩，他就会得到一大笔奖金。

阿强躺在床上，他觉得自己就在凼仔的赛马场上，瘦小的骑士正挥鞭驱赶着那匹踢伤他的马，第一个冲到了终点！竟比第二匹马超出了一个马身！他得到……

老板的那杯咖啡

　　某公司的写字楼，年过四十的老板兼总经理艾伦坐在一张大靠背椅上。他前面是一张超大的办公桌，背后的墙上挂着一张世界地图。显而易见，艾伦是一位胸怀世界的人物。

　　此时，清洁工梅姨冲了一杯咖啡，并把它端到了艾伦的办公室。

　　艾伦是土族，三十五岁之前他一直靠打工维持生活，三十五岁后风水改变了。人口不足百万的弹丸小城，拥入不少新移民，这是经济发展的主要资源。艾伦成立了一家小公司，投入加工行业，他接下欧洲的订单，在邻近地区加工，再运到欧洲出售给下层的消费者。十年后，他已经拥有了二十名员工和一栋写字楼了，艾伦的生意与这座弹丸小城一起发展着。

　　好运气改变了小城，也改变了艾伦，他从一名动手的打工族变成了动口的老板级人物。

艾伦喜欢喝咖啡，每天不能少于三杯。进入动口不动手的层次后，艾伦每次想喝咖啡就用公司的内线电话通知清洁工梅姨。冲泡咖啡是她的工作之一。

斯蒂芬，小城土族，现代快餐把他变成了肥头大耳族。他中六毕业后就参加了工作，上班不太专心。长相、知识平庸的他也是胸怀大志的人，奋斗目标"数以亿计"常挂嘴边，一副非"池中物"之态，使人感到后生可畏。他在艾伦的公司任营业员不足一年，月薪不足万元。可他相信自己是个幸运儿，他的快捷致富方式是六合彩。斯蒂芬与新移民同事相处得不太融洽，自视是小城土族，高人一等。

又到公司吃团圆饭的时候了，斯蒂芬在第一次吃团圆饭中曾经证明了自己的幸运——他中了大奖！

老员工们都知道这其实是艾伦老板要拉拢斯蒂芬的第一步。

原因是与斯蒂芬同一部门的一位营业员忍受不了艾伦的百般挑剔，过年前突然辞职，连团圆饭都不吃了。斯蒂芬也就"蜀中无大将，廖化当先锋"了。

艾伦拉拢员工的其中一招就是年底发奖金，他要拉拢哪位员工就多给他一笔，另一招就是在吃团圆饭时的抽奖箱上做文章，老员工都知道这一点。心有灵犀者，不点也通。

艾伦在斯蒂芬中奖之后，对他暗示了几次，说那大奖不是从天而降的。可斯蒂芬并没有理解老板的意思，他以为自己是幸运儿，他的智商决定他永远想不到中奖是老板的恩赐。

老板在抽奖前没把斯蒂芬的抽奖副券放到抽奖箱中，而是放在了自己的口袋里，伺机拿在手中，上台抽奖之前再做出一个从抽奖箱抽到副券的假动作。

艾伦拨内线电话给斯蒂芬说："你帮我冲一杯咖啡。"清洁工梅姨没上班，艾伦的咖啡瘾犯了。

斯蒂芬听后，一脸怒色，口出粗言："妈的！把我当菲佣？！"

办公室里的同事都用很奇怪的眼神看着他，不知发生了什么事。

斯蒂芬用手指着老板办公室咬牙切齿地说："梅姨不在，他要我帮他冲咖啡！好！我可是冲咖啡的高手，我冲出的美味，一定与梅姨的不同！"

斯蒂芬冲了一杯咖啡，如侍者般端到了老板的办公室。艾伦正低头看文件，见斯蒂芬来了便指指办公桌，要斯蒂芬放下咖啡，然后说："出去记得关门。"

斯蒂芬回到自己的办公室时眉飞色舞的，同事们百思不得其解。刚才还怒气冲冲，怎么一下子就变了个样？有同事还开玩笑说："难道老板给你小费了？"

斯蒂芬带着奸笑回答："是我给他加了料！"说完拿起自己的茶杯，他不是喝水，而是像哑剧演员一样做了一个动作。

同事们都瞠目结舌，面面相觑，办公室一下子成了一个哑剧场，鸦雀无声。

一个星期以后，公司营业部招入两名新员工，艾伦将工作全交给了新员工。斯蒂芬成了可有可无的人，无事可做。他百般无聊，上班时打电话聊天长达半小时，就这么被老板给解雇了。

被解雇的斯蒂芬并不沮丧，在离开公司时，他表现得非常潇洒，把用过的东西全丢进垃圾桶，最后拿起自己的杯子，往杯中吐了口唾沫，再把杯子丢进了垃圾桶。

艾伦对员工说："我给他加薪，是因为营业部的一名员工辞职，想培养他挑大梁，他却对我说，还要加薪，要不也立即辞职。营业部不能空，所以我再一次给他加薪！他用这种手段威胁我，我忍无可忍，所以就将他解雇了……"

有老同事听说办公室内有针孔摄像头，员工上班时的一举一动，老板都可以看到。办公室有十多位员工，这里有没有老板的另一只眼睛呢？

斯蒂芬被解雇的另一个原因是不是因为那次帮老板艾伦冲咖啡？他当时当着同事的面，拿起自己的茶杯，不是喝水，而是做了往杯子里吐口水的动作。

斯蒂芬被解雇，应该是口水惹的祸。

债

    像往常一样，阿钊提着他在香港采购的两大包物料及配件从地铁站的出口乘电梯上楼，他希望在码头的售票厅见到那位曾资助过自己的女士，可又怕回忆起当时的狼狈之态。他到了大厅，没见到穿制服的人员，他感到有点儿遗憾，心里挺别扭的。

    他走向窗口，买了一张飞翼船票。走进香港海关前，他再次四处张望，仍然没有见到她的倩影。说一句真心话，即使见到她，阿钊也未必认得，半年前，只见过一面，而且只是短短数秒，却在他的心中留下了难以磨灭的印象。

    那是阿钊第一次从澳门过港买物料，在码头买回程票时，才发现钱包中只有两千多元的澳门币。香港码头售船票只收港币，阿钊余下的港币不够买一张回澳门的船票，还差五元港币，他决定给澳门币。

    售票员除港币外不收其他货币，澳门币在他们眼中有如废纸一般。正在阿钊为难之际，他听到一位女士在背后说：

"卖一张票给他，差的钱我补。"

阿钊还未回头，售票员已飞快地收去他的钱，并迅速地递过来一张船票。阿钊来不及思考便拿了船票，退到一边。

"多谢你的帮忙！还你十元澳门元，过去澳门可以用。"阿钊真心地说了一句，并注视着眼前这位穿戴整齐、年约三十岁的美丽女性的面孔数秒。安排一位如此出色的女性在此时此刻出现，对于阿钊来说真是上天对自己的眷顾。

"快进闸，下次再还给我，以后多坐我们公司的船。"她的嗓音还真甜。

阿钊看时间紧迫，赶紧提着两包物料离开了香港码头的售票厅，再回头看她一眼，却只见她的侧面。阿钊一生从不欠债，这一次他竟欠了一个陌生女子的"债"。

微不足道的五港元，或许她早已忘记此事。可这给阿钊留下了美好的回忆。他每次过香港都希望能见到她，还她五港元，而阿钊每次过香港都坐飞翼船。

手镯盒

2010 年夏天，C 国和 M 国边境线的 S 城。

年过半百身穿男性华式休闲装的汪为仁和年近知命一身 M 国女性短衫筒裙服饰的尹晓兰正在一家茶餐厅面对面地坐着，面前各有一杯咖啡，谁都没喝。

"光阴如白驹过隙，一晃我俩已分别十八年了。"汪为仁打破了沉默，望着尹晓兰说。

"可这十八年的每一天对我来说都是度日如年！"尹晓兰冷冷地说，带有欲哭之声。

"我当时有急事，来不及向你告别就回到内地，如果当时的通信像现在这么发达就好了，我们之间就不会有这么深的误会了。"汪为仁有点儿强词夺理。

"误会？你有急事？"尹晓兰苦笑着说，"我生下孩子的第二天，你就失踪了。我非常担心，担心你出事。国境界上的 S 城鱼龙混杂，我着急了十天，回到家，才发现你还有时间取走银行里的所有存款和家中所有值钱的东西，只是没有时间向我告别。留给我这个产妇的只有一个婴儿和一个空手镯盒。"尹晓兰的话像利箭，直射向汪为仁的胸口，她顺手从随身的廉价手袋里取出轻飘飘的红色手镯盒，扔到桌子上。

看着尹晓兰取出的手镯盒，汪为仁如见到魔鬼，不敢正视。"是我一时糊涂，我当时用咱俩做冷饮生意赚的钱买了一只玉手镯，本来要送给你的，可后来，后来……"汪为仁语塞，他从一个随身带来的真皮手袋夹中取出一个高级的手镯盒，打开盒子——是一只半透明略带绿色的玉手镯——放在桌上。

尹晓兰望了一眼那只十八年前就买下的玉手镯，记得汪为仁曾神秘地说过要送她一件礼物。其实她当时并不想要什么手镯，她只要一个温暖的家就已足够。"这手镯原本是装在你留给我的盒子里吧？"尹晓兰轻描淡写地问了一句。

"正是，当时没买到好的盒子，你这盒子太旧了。"汪为仁还是不看那个旧手镯盒。

"你这手镯是补送给我的？还是还给我的？"尹晓兰冷冰冰地问了一句。

"送你也好，还你也罢，只要你愿意接受就行，过去的一切都是我的错。"汪为仁见尹晓兰的脸上有转机，双手将手镯送到尹晓兰手中。

尹晓兰用右手取出手镯，左手五指合拢，轻轻伸入玉手镯中，右手略一用力，手镯套到左手腕上。尹晓兰端详着手上的镯子，喜形于色。

"这镯子我收藏了十八年，现在已经升值了。"汪为仁望着尹晓兰手上的玉镯，松了口气。

"叮叮……"

尹晓兰从手袋中取出手机，左手拿着，右手按了一下键，之后迅速将手机贴近左耳，口中说了个"喂"字后，就在听对方说话，她手中的玉手镯特别抢眼。"我在'藕断丝连茶餐厅'，就是前面有一大排榕树的那家餐厅，你过来吧。"

"是谁打的电话？"汪为仁关心地问。

尹晓兰没回答，她一下子感到陷入绝境之中。她原先在M国已结婚，婚后发现丈夫吸毒，之后就常向她索要金钱，没钱给就遭丈夫毒打。在她对婚姻绝望之际，吸毒的丈夫在一次贩卖少量毒品时被捕，不久后在狱中身亡。二十年前她怀着一颗破碎的心离开M国，到了C国的S城，先打工，之后做起冰棍、冷饮生意，邂逅到S城创业的汪为仁，这对异国鸳鸯在边城生活了一年。

此时尹晓兰突然望着那个旧手镯盒发呆，汪为仁见状面无血色，他预感到可怕的事将要发生。尹晓兰伸手去取手镯盒，要打开。汪为仁一时心急，用手按住尹晓兰的手，不让她打开手镯盒。尹晓兰的眼泪夺眶而出。

"妈妈！你在这里做什么？这人是谁？"一个身穿 M 国筒裙服饰的少女突然出现在汪为仁和尹晓兰的面前，口气严厉，"你为什么跟我妈抢手镯盒？"汪尹两人的失态及少女的出现吸引了餐厅内食客们的视线。

"这就是我们的女儿？"汪为仁问尹晓兰，他的双目停留在少女青春漂亮的脸庞上，无法移动，这就是当年他抛弃的女儿！此时此刻，意外、兴奋、愧疚……各种复杂的感情一起涌上心头。

"什么'我们的女儿'？"少女望着尹晓兰，尹晓兰在用纸巾擦眼泪，少女再看那个手镯盒，似乎一下子明白了什么。少女转向汪为仁，双眼是冰冷的，冷过冬季的冰霜。汪为仁感到恐惧，那眼光像一束束利箭，向他射过来。他不寒而栗，心脏也在加速跳动。

少女没说一句话，突然转向尹晓兰："你不是常说男人没一个好东西，今天怎么了？跟我回家吧，我长大了，我养你。"少女说完拉起尹晓兰就要往餐厅外走，最后还回头对汪为仁说："我看过盒子中的纸条，并且不止一次。"说完之后便扬长而去。

汪为仁呆若木鸡，茶餐厅中各种好奇的目光都向他射来，他感到天旋地转。当年他取走手镯，在盒中是他一生中写下的最失败的纸条："如你生个男孩，我就娶你为妻。可是……"

那双眼睛

"婚后几年我都没去扫墓，每年都是由阿姨代我去。今年你能陪我去扫墓，真好！"凯瑟琳的眼中闪闪发光，她庆幸自己嫁了一个好丈夫。

鲍里斯饶有兴趣地看着妻子，她有一双很美的眼睛。结婚前，鲍里斯就觉得妻子的眼睛似曾相识，好像在哪里见过，像哪位女电影明星或是哪位歌星？可是一直也想不起来了。

现在，凯瑟琳正在整理扫墓用的各种供品，有鸡、烤猪肉、水果、糕点，特制的超大美钞、大港钞、大人民币，还有特大的冥钱、香烛、纸衣等，分别装入两个特大的胶袋中。

结婚两年，这是鲍里斯第一次陪妻子去扫墓。

一岁的小女儿洛伊丝交给菲律宾女佣玛丽照看。虽然鲍里斯不是迷信的人，可也觉得墓地那种地方不适合小孩子去。鲍里斯与凯瑟琳将所有的供品装好后，两人各提一包走出家门，乘电梯来到大厦停车场，之后便驱车往离岛方向驶去。

一排排陵墓占据了半片山坡，上山扫墓的人还真不少。因为鲍里斯是第一次来，凯瑟琳在前面引路。

上午的太阳已有些刺眼。

凯瑟琳在一排墓碑前停下了脚步，然后说："爸爸、妈妈、弟弟，今天我带着丈夫鲍里斯来看你们了，你们还没见过他呢。"凯瑟琳的声音有些难过。

鲍里斯第一次看到岳父、岳母和小舅子的遗像，岳母和小舅子的眼睛与凯瑟琳极相似，鲍里斯又开始苦苦思索到底是在哪里见过这对似曾相识的眼睛，可仍然没有结果。

凯瑟琳摆放好所有的供品，然后上香，点上蜡烛。她默默地看着香烛在燃烧，她的思绪回到了从前。

他们一家四口原本是一个十分美满的家庭，后来父亲染上赌，赌运又极差，越赌越糟，最后竟成了一个病态赌徒，除了赌什么都不做，家里值钱的东西全都输光了。父母亲为此经常吵架，最后终于离婚了。

凯瑟琳跟着母亲，弟弟跟父亲。父亲并没有就此离婚改掉赌博的恶习，反而变本加厉，欠下赌债就向亲友借款。弟弟原本学习成绩就一般，跟着父亲，有样学样，也开始混迹赌场。

"这几年我不敢问岳父、岳母、小舅子的事，怕你伤心。今天既然来了，你能不能告诉我，他们为何这么年轻就去世了？"鲍里斯看着小舅子的遗像问。

"父亲因滥赌最后与母亲离婚，父亲没有教好弟弟，父母离婚五年后，才二十出头的弟弟到邻近地区帮人偷运毒品出境，过两重海关都没被查出，可出境后就马上被捕了。他们对弟弟准备何时带着毒品出境一清二楚，弟弟在狱中不久就死了。贩毒的人命贱，死了也不过像一只蝼蚁，不了了之。弟弟死后不久，在一个晚上，父亲服了大量安眠药，也走了。"凯瑟琳很平静，可能是因为事情已经过去了很多年，又只是对心爱的丈夫念叨念叨。

鲍里斯忽然张开嘴巴，好像想到了什么，他的脸色一下子变得苍白如纸。

"那岳母呢？她为何这么年轻就走了？"鲍里斯再问。

"弟弟和父亲走后，街坊邻里对妈妈说弟弟是被人利用的。有的警官想升职，就与毒枭联络，利用无知青年去作案，比如带毒品过境之类。海关每天进出的人数以万计，很难查出谁的身上带有毒品。有人报告就不同，弟弟跟着爸爸在赌场混，认识的人也很复杂。我们能怪谁？你不做犯法的事，谁能把你怎么样？妈妈常常一个人哭，说自己没照顾好儿子，还经常一个人自言自语。我很害怕，我已经失去了爸爸和弟弟，我害怕再失去妈妈。可妈妈由于伤心过度，三年后还是离开了我。妈妈早就在父亲和弟弟旁边买好了墓地，常说'活着时没照顾好儿子，希望到阴间后补回'。"凯瑟琳看着香烛已燃烧尽，蹲下来，将一杯杯酒倒在地上。

"你怎么从不说这些事？"鲍里斯的语气有点儿怪怪的，凯瑟琳并没有注意到。

"你认识我时，我已经是父母双亡的孤儿。你不想提起让我伤心的往事，正说明你是一个体贴识趣的男朋友。婚后我也不谈及这些伤心事。妈妈在世时非常恨警员，认为是他们设圈套害死了弟弟。而你又在警界服务，我也就不说这些事了。"凯瑟琳轻描淡写地回答。

鲍里斯望着岳母、小舅子的遗像发呆。他觉得很冷、很冷，那寒冷是从体内往外冒。伴随寒冷的是一身冷汗，冷汗湿透了他的全身。他的呼吸越来越急促，胸口发慌，一阵晕眩。终于，鲍里斯重重地倒在了地上。

凯瑟琳见状惊慌失措地大声呼叫邻近扫墓的人来帮忙。七八个热心人一阵手忙脚乱，有按鲍里斯人中穴的，有往他的太阳穴上擦驱风油的。终于，鲍里斯恢复了知觉，他听到有人说："撞邪了！墓地不适合时运低的人进入，你们快点儿回家吧。"……

鲍里斯在婚前曾侦破了一个贩毒案件，也因此而升了职，今天才知道案子中的青年，竟然正是自己的小舅子！

妻子凯瑟琳那双似曾相识的眼睛，原来是小舅子的眼睛。

如果小萍是男孩

女儿小萍第一次带男朋友回家，年过五十的琼姨今天特别开心。

"为什么我不是男孩？如果我是男孩……"这些问题小萍在上中学以前，曾多次问过妈妈。到了她大学毕业后，便不再想也不再问这种问题了。

小萍与母亲相依为命，跟母亲姓，在单亲家庭中长大。她没有父亲，也从不说父亲的事。当同学谈父亲时，她就不吭声，或借故离开。中学时的一次作文题目是"我的父亲"。老师看到小萍作文是"我的母亲"，还以为她上课不专心，弄错了题目，还在班上批评了她。当这位年轻的男老师知道小萍是在单亲家庭中长大后，他才发现这种作文题目是多么的不适合现代这个残缺不全的社会。

小萍的亲生父亲是个家庭背景比较优越的人，当初琼姨和小萍父亲的结合遭到了男方家里强烈的反对，最终小萍父亲的家人（包括他的妈妈和他的一个姐姐和两个妹妹）拗不过父亲，小萍的妈妈才加入到这个家庭。原本就带有成见的旧成员并没有全力配合新成员的加入，而是有意无意地制造更多的摩擦，加大小萍的妈妈融入这个家庭的难度。

小萍的出世非但没有给这个家庭带来喜悦，反而比过去更冰冷。小萍的父亲是家里的五代单传，在一胎化政策的现代，为了第六代的香火，琼姨带着年仅一岁的小萍最终离开了这个家庭。

性别对于小萍来说是一个与生俱来的噩梦。

琼姨带着小萍离开后，曾期望丈夫能回心转意，接她们母女回家，破镜重圆。她的盼望在日复一日、年复一年中渐渐消逝。直到丈夫再婚，她的梦终于画上了一个不甘心的句号。

小萍的父亲再成家后，不久就生了个男孩，终于为家里续了香火。小萍父亲家曾托人给琼姨带了些钱，可琼姨生活再苦也不要这钱。她分不清楚这钱是可怜的施舍还是为了减少良心的不安。

琼姨在极其困难的生活中过了三年，在微威国的弟弟以投靠亲属的名义申请她移民。小萍在微威国从小女童变成小女孩，再变成大女孩。她的人生中没有父爱是一个抹不去的事实，她不甘心却又不得不照单全收。

琼姨来到微威国后做过很多份工作，后来接受了会计培训，成了一名会计，从此她的生活有了保障。她对过去，对男人通通说拜拜，自食其力，独自一人将小萍养大。

虽然琼姨已经对男人失去了信心，可仍然希望女儿有一个幸福的家庭。她忙了一个上午，做了一桌子丰盛的菜肴，等着女儿和女儿男友的到来。

门铃响了，琼姨觉得今天的铃声特别悦耳。她赶紧去开门，见到的却是一个陌生的中年女人。这女人的样子有点儿怯懦，而且面露难色。

"阿嫂！"琼姨听到这陌生的称呼，呆若木鸡。细看中年女人一阵后，才想起这女人曾是自己的小姑子。

"你不会又是拿钱过来了吧？"琼姨开口就说了一句不太好友的话，她心里非常担心女儿和女儿的男友会在此时出现，这个女人来得真不是时候。

"不是！我能不能进去说话？"中年女人的语气中带着哀求，琼姨心软了，非常不情愿地让这位不速之客进到客厅。中年女人看到了桌上的菜，有点儿意外。

中年女人说完后，琼姨才知道原来是小萍父亲家的老人病危，想看看孙女。

琼姨觉得没有那么简单，当初是他们家嫌弃小萍是女孩，现在又大老远跑到微威国来，一定还有其他事。

此时门铃又响了，琼姨打开门。"我回来喽！"小萍开心的声音随门而入，她后面跟着一位打扮整齐的男青年。当小萍见到有陌生人在家时，用迷茫的眼神看着琼姨。

"小萍！你好漂亮！我是你姑姑。"

"等等，你是我姑姑？妈，这是怎么回事？我是现代母系社会中的一员，从我懂事起就不知道什么是父亲。我没有父亲，只有一个好舅舅。"小萍望着琼姨说。

琼姨对已是过去式的小姑子说："你直接对她说好了。"

他们四人坐在客厅里，中年女人说："你奶奶病危了，希望见见孙女。"

"我是你们哪门子的孙女？今天突然掉下一个奶奶，又来了一个自称姑姑的人，那么还会有一个自称是我爸的了？他为什么不来？我过去常想他，不知道他长什么样子，也想问问他为什么不要我？"小萍说。

"你爸他们一家三口刚出车祸，儿子和太太当场死了。你爸受伤在医院，刚过危险期。奶奶因为儿子受伤，儿媳和孙子去世，受不了这个打击，正在医院抢救。可医生说已经回天乏术。奶奶也知道自己快不行了，想见见你。自从大嫂带你离家之后，奶奶有托人送过钱给你们，不信可以问问你妈。"中年女人说。

"原来是因为家里出了车祸，死了两个人，老人又病危，你们才想到我。你们这些人跟我有关系吗？"小萍理直气壮地说。

"怎么没关系呢？他们是你的父亲和奶奶。"小萍男友插嘴了，"你要懂得原谅别人的过错，虽然你父亲这个家庭重男轻女不对，让你们母女俩吃尽苦头，可他们现在需要你的原谅。"

小萍迷惑地看着男友，好像看着一个陌生人一样。

她转过脸对中年女人说："在这个世界上，谁对我好，我就对谁好。不要对我说什么奶奶、父亲之类的，我是现代母系社会中的一员，我没有奶奶，也没有父亲。是他们不要我，我还没有高尚到可以以德报怨，你走吧。"小萍对访客下了逐客令。

中年女子摇摇头，站起来，默默地离开了琼姨家。

客厅里寂静无声。

突然，手机响了，是小萍男友的手机，他到阳台上讲了几句就挂了电话。回到客厅后，他对琼姨和小萍说："我突然有事，要马上走，不能在这里吃饭了。"

小萍看了看男友，又望了一眼桌上的菜，毫无表情地送走这位打扮整齐的男青年。

"妈！今天怎么会这样？"小萍的泪水夺眶而出。

"他只是突然有事，没办法，下次吃饭另约时间，咱们到酒楼吃。"琼姨安慰女儿。

琼姨以为噩梦已经过去，自己已拥有抗拒噩梦的力量。可老天爷再次跟她开了一个残酷的玩笑，这次重伤的是自己的女儿小萍。

如果小萍是男孩，这一切就不会发生。

此时小萍的手机来了一条信息，小萍看后呆了。琼姨看着女儿的表情，看了看手机，也愣住了。

"我没有办法说服自己和一个心里充满仇恨的女子生活一辈子……"

这是小萍男友发来的。

表

"等到你们金婚纪念时，再来庆祝一次！"

谢宏先生和太太在柏蕙花园的潮州城酒楼赴孩子们和亲友为自己举办的银婚纪念宴会结束时，接受到了这样的祝福。二十五年来，谢宏夫妇虽做不到相敬如宾，却已做到同甘共苦，一起移居澳门之后，一晃已是十年。一子一女已长大成人，他俩也将携手迈向红宝石婚、金婚。

"你不是说要送我一件意想不到的礼物吗？为什么刚才不拿出来给亲友看看？"回到家，谢宏问太太。

太太从柜子抽屉里取出一块表，一块没有任何包装的表。谢宏接过后，看了一眼："上海表？"

"喜欢吗？我知道你一定想不到。"

"结婚时你也是送了我一块上海表，当时用了你一年的积蓄。想不到我们银婚时还能收到一块上海表，这象征着我们第二段生活的开始。"谢宏的话让太太听了心里感到很温暖。

"以我们现在的经济能力,我本来可以买更贵的表送你。可我们献身事业教育二十多年,根本不用'金劳'之类来提高身份,还可以避免被金劳党抢。你知道吗,我为了找一块上海表,特别跑到珠海香洲百货商场。那售货员见我买上海表,就问我是不是教师。可见,内地的老师至今还是最穷的阶层,我点头承认自己是。"谢宏静静听太太叙说。

"这表的设计和样式和过去一样,没有一点儿改变。如果说几十年感情不变的人值得肯定,商品却应该要创新。"谢宏说。

"还创新?听售货员说这表已经停产了,现在卖的都是以前的存货。"

谢宏取下戴着的精工表,将太太送的上海表戴上,这是自己国家产的表,还有一段珍贵的回忆,但现在又多了一丝失落感。

独树

　　旅游团像一群鸭子似的被领队赶上了一座山边的小庙，所有成员拥入庙里上香，求签。我独自站在观景台，欣赏着湖光山色。

　　一棵碗口粗的树吸引了我的视线，这是一棵长在一块比卡车还要大的光溜溜岩石上的独树，离我只有十步之遥。

　　一股敬佩之情油然而生，我似乎见到一位命运相似的朋友，有千言万语要倾诉。又像见到一个生活的榜样，努力克服生命中所有的困难。

　　"缘"，有缘见到这棵独树是冥冥之中的巧妙安排。它在向我暗示今后的人生路——那条通向文学艺术殿堂的人生路漫长而曲折。

　　独树打开了我思维的闸门，脑海中开始幻想这棵独树的成长过程。我拿出相机，选了一个合适的角度，按下快门。

青山绿水映独树，

　　立根生长岩石中。

　　林群丛里比坚劲，

　　任尔东西南北风。

　　树底的石壁上用苍劲的楷书刻下的诗再次吸引了我的视线，在我之前，已有人题诗赞颂过这棵独树，我对着石壁上的诗又按下了快门。

　　"爸爸！那边有'山不在高，有仙则名'的石刻，我想留个影。"快上中学的女儿小晶走到我身边，看到了独树，"多顽强的生命力，我爬上去浇点儿水。"

　　"小晶！它的成长并非依靠人们的浇灌，它的可贵之处就在于此。"

　　"爸爸！你既然那么喜欢这棵树，我爬上去，您为我照一张相。"读小学的儿子小磊刚说完就跑，不久之后又气喘吁吁地跑回来说，"攀登景点，罚款五十元。"

　　"我求了个上签。"太太上香回来时对我说。

　　"我也是。"太太一时弄不清我话中的含义。

　　全团人员又要拥到另一座庙，我回头又看了一眼那棵在石头上生长的独树。

四十岁的迷茫

"阿谭！把这一车货送到客户那儿，十二点之前赶回来，再送我去码头。"印刷厂的老板对新来的司机谭毅说。

"明白。"谭毅坐进面包车的驾驶室，将车启动，离开厂。

对谭毅来说，生活骤变开始是苦涩而难于接受的，可他改变不了已成事实的命运。到了北区黑沙环一条非常熟悉的马路，他曾在这条街的一幢大厦里住过二十年，这里有他对已逝岁月美好温馨的回忆。他将车速减慢，前面十字路口的黄灯亮了，他再减速，红灯，停车。他被一种复杂的情绪笼罩住，他半年前从这里搬走了，房子判给了妻子和女儿。当他带着八岁的儿子走出家门时，十一岁的女儿眼含着泪水。

"你丢下我不管。"妻子的话只有一句。

"到了这个地步，完全是你一手造成的，你还要我管你？现在这房子是我们两个人的，我是留给女儿的，你不要再赌了。这房子没有我的签名是卖不掉的。夫妻多年，听我一句劝，不要再赌了，也不要总想着翻本，你已经陷得很深了。"

四十岁的谭毅牵着回头望着妈妈的儿子，怀着沉痛的心情下了楼。后来，他将儿子寄养到乡下的姐姐家……

后面汽车的喇叭声将他唤醒。他换挡，将面包车驶离了这条触发他伤心回忆的街道。自信、理想、家庭、伦理，半年前在他身上发生了极大的变化。

他经历了一个已有数百年，却又在人世间重复上演的离婚故事。

他用铲车将第一家客户的印刷品放好之后，又将面包车开到提柯区一条他不愿意走的马路上。他曾经是这里一家综合超级市场的执行经理，他每天开私家车上班，穿西装、打领带。他工作积极，各方面的表现都不错。

一年前，他开始向同事借钱，生活道路上可怕的黄色信号灯的用意他并没有注意到。同事们不解，他那么多的薪水都花在哪儿了。他开始挪用公款，这种事是纸包不住火的，最后还是被老板发现了。

通情达理的老板知道了他的苦衷后，没有将此事宣扬，也没有追究他的法律责任。不过，要他在一个月之内交还所有欠款，再自动辞职。

他当时觉得自己的人生完蛋了，但也同时清醒了许多。

他将面包车停在离综合超级市场不远的某客户公司所在

的街上，以极快的速度将几箱印刷品搬下车，极快地运送。他怕见到以前的同事。

谭毅极迅速地将面包车开走，经过南湾区，这是澳门商业区，他的面包车经过著名的葡京大酒店。这里曾是他们夫妻赢了大笔钱，后来也在这里输掉了房子及婚姻的地方。他迅速离开南湾区，到了西湾客户的店铺附近，这也是他常来的地区。那时，他的事业达到"高峰"期，他在这里买了一个单元，将房子装修好之后出租给别人。从不涉足赌场的他，原本只是想放松放松。他带着太太来到赌场，觉得应该享受一下人生的乐趣。

那是两年前的事了，他们玩的是极简单的赌大小。太太的手气不错，夫妻俩走出赌场时，满面春风。

"真是小赌怡情啊。"太太说了这么一句话，并建议到他任职的综合超级市场购物。那是一次疯狂的采购，同事们以为他中了香港六合彩大奖。

谁知妻子从此就迷上了赌博，半年之内将西湾的房子、私家车、首饰、丈夫等全部输掉！丈夫偿还了公司的欠款，避免了刑事责任，二十年来的心血消失得无影无踪。

现在，他只望了一眼那栋曾经拥有过他一个单元的楼房，加速离开了这条触景伤情的街道。

此时，谭毅想到他们刚进赌场赢钱时，前妻说的"小赌怡情"，他当时没有注意到后面还有一句"大赌乱性"。

菩提树下

"哥，你快看，菩提树上有一条青蛇咬住了一条变色龙。"玛丹蕙突然花容失色，左手拉耶貌盛的手，右手指着护城河边的一棵大菩提树说。

顺着玛丹蕙指着的方向望去，果然在树枝上看到一条比变色龙大一点儿的青蛇。它正咬住变色龙的脚和尾巴，变色龙拼命挣扎，青蛇则死咬不放。

耶貌盛马上跑到菩提树下，捡了几块石头，选一块较大的拿在右手中，对准那树枝用力掷去。石头击中树枝反弹落到护城河的同时，青蛇和变色龙也被树枝的震动弹到河水中。在落水的瞬间，青蛇与变色龙分开了，各自游向河岸边的草丛中。

"得救了！善哉！善哉！"玛丹蕙口中念念有词。耶貌盛丢下手中的几块石头，拍拍手上的灰尘。

"哥！我就像那条小变色龙，我所遇到的困难就像那条青蛇。在我最困难的时候，是你出手相救。"玛丹蕙自言自语。

"胡说八道。"耶貌盛面有愠色，对玛丹蕙的比喻极不欣赏。

2000年，是一个充满诡异的年份，什么事都有可能发生。清晨五点，耶貌盛像往常一样，顺着护城河边晨跑。天天经过那棵曾发生过"蛇龙之战"的菩提树，就会想起这件往事，也会想起玛丹蕙。五年前，她为何不辞而别？她现在快乐吗？

20世纪90年代，年仅二十五岁的耶貌盛在河滨街创业，开了一家餐厅，兼卖各种饮料、啤酒，生意慢慢走上轨道。他选择在河滨街创业，是因为喜爱这座充满传奇色彩的古邑。那正方形斑驳的古城墙，那长两英里、宽数百米呈四方形的护城河……河边绿叶成荫，河面碧莲片片，红莲、白莲、紫莲巧妙点缀，如一幅优美的古画。

有一天，一名不足二十岁的少女来应征。"我叫玛丹蕙，是古都大学的学生，因家里经济突然出现困难，想休学工作，见到您的店请工人……"玛丹蕙穿M国的短衫筒裙，脸上擦着黄楝粉，美丽的脸庞带着丝丝哀苦。耶貌盛听玛丹蕙的叙说，联想到了自己。他也因为家贫没能上大学，几分同情加上少女楚楚动人的外表，他聘请了玛丹蕙。

"你在这里工作，表现很好。"两个星期后，耶貌盛真诚地对玛丹蕙说，"我有一个建议，你还是回去上学吧。"

"为什么辞退我？我做错了什么？"玛丹蕙大吃一惊，泪水夺眶而出。

"你没做错什么，我没有辞退你的意思。大学离河滨街不远，你下课后再到这里来工作。星期六、星期天也来上班，这样你可以继续上大学，我可以保证你的工作，保证你的薪水，但你会辛苦一点儿。"听到耶貌盛的话，玛丹蕙的脸如雨过天晴，喜悦之情溢于眉宇之间。

玛丹蕙照 M 国的感谢习俗，席地而坐，并向耶貌盛顶礼膜拜。

一年后，护城河畔多了一对情侣。

玛丹蕙在耶貌盛的小店是象征性的工作，耶貌盛成了玛丹蕙的经济来源。然而，玛丹蕙大学毕业了，也失踪了。

耶貌盛男性的自尊受到极大的打击，天天借酒浇愁。餐厅里有的是酒，他觉得自己像傻子一样被女人耍了。

他在苦思，是不是自己曾做错了什么？他在为玛丹蕙找理由，只要找出自己一点点错，都可以为她的不辞而别找到依据，可他没有找到。

被女人骗，他不是第一个，也不是最后一个。

有一天，店里的几名伙计没见耶貌盛喝酒，却见他买了一双运动鞋回来。第二天，耶貌盛就开始晨跑。

玛丹蕙离开自己，一定有苦衷吧，他就这样从痛苦中解脱。

跑着跑着，离菩提树的距离越来越近，耶貌盛看到树下站着一个穿花筒裙的女人，她在欣赏护城河的景色。

　　难道是玛丹蕙？他头脑中闪过这么一个念头，接着又开始嘲笑自己的痴情。

　　他继续跑步，就在接近菩提树的一刻，那位女子转过身，耶貌盛的脚步停住了，果然是失踪五年的玛丹蕙！

　　"我知道你每天晨跑，今天我特地到这棵树下等你。"玛丹蕙面无表情。他们之间约有三公尺的距离。

　　"果然是你！没想到会在这树下见到你，我们的故事不是已经结束了吗？我可没做过任何对不起你的事。"耶貌盛有如见到可怕的鬼魅，即使在不远处有一队化缘的僧侣经过，他仍然感到害怕。

　　"我没有恶意，我不会忘记，在我最困难的时候，是你帮助了我。"玛丹蕙说。

　　"善哉！善哉！一切都过去了。为了你的丈夫，你不要再来找我了。"耶貌盛有拔腿往回跑的打算。

　　"你已经猜到我结婚了？我丈夫是不会找你麻烦的，他两年前已经死了。"听到玛丹蕙的话，耶貌盛愣住了。"他是一名军官，死在战场上了。当初是家里人要我选择他的，我对不起你。"

　　"当初你不辞而别，开始我很痛苦。可后来想想，只要你幸福，我就应该祝福你。"耶貌盛真诚地说，"只是没想到你这么年轻就守寡，你还不到三十岁。"

"你是一个好男人，是我做了一个错误的选择。这么多年你都没有结婚，说明你心中还有我。"玛丹蕙边哭边说。

"我没结婚确实是因为你，但我不是在等你，而是对生活完全失望了。在你离开我的那一刻，我就对自己说，我的爱情要画上一个句号了。你要走，也应该对我说一声……"耶貌盛看着可怜的玛丹蕙，一个年轻寡妇，脸色呈现出失望之情，原本还想说的话又咽了回去。

他俩就这样默默地注视着对方，耶貌盛望着他曾吻过的脸，拥抱过的身体，看到她的泪水一颗接一颗地滴下，滴到菩提树下。

他从没伤害过玛丹蕙，他们之间是从同情转变到爱情的。毕竟是曾经相爱过的恋人，耶貌盛心中还有一点儿残余的爱，他说："你今天来找我，一定有事吧？"

"你不结婚，我会一直觉得亏欠你。我对不起你，我得到报应了。你快找一个女人结婚吧！我可以给你介绍。"玛丹蕙在哭泣中哀求。

"不用管我，我过得很好。你有什么打算？"耶貌盛关心地问。

"我虽结婚了，但还没有孩子，因为他在部队的时间多。我半年前出家当尼姑了，明天就回实皆山，我会在山上过完下半辈子。今天我特地到这棵菩提树下等你，五年前没

有向你告别，所以现在来向你告别，善哉！善哉！"玛丹蕙
在哭泣声中讲完了要说的话，她摘下头上的假发，转身就朝
另一个街道走去。

耶貌盛呆了，他顿时心灰意懒，远去的玛丹蕙的头，像
一个巨大的句号。在古都护城河边开始的初恋，也在护城河
边的菩提树下无奈地结束。

摘不掉的戒指

　　"这是我老公生前买给我的戒指，我每天都戴着，已有十多年了。"六十多岁略胖的杨老太太自豪地对坐在公园长木椅上对另外两位已经退休的老太婆说。

　　"摘下来给我看看。"其中一位老太婆说。

　　"戴得太久，很难摘。每次都是用肥皂……"杨老太太把手伸到说话的老太婆面前。杨老太太身体不好，有高血压、心脏病、哮喘病……加上牙齿掉得所剩无几，连吃水果也是用金属汤匙刮下来，再慢慢咽。丈夫因车祸先走一步，孩子们都已长大成人，有了自己的家庭、孩子。他们都很忙，没有时间陪陪妈妈。杨老太太想起老伴时，就看看手上的戒指，有时还会看着戒指发呆。

　　公园是她余生最佳的去处，她认识公园里做各种运动的多名老人，其中也有一些独居老人。此时，她哮喘病又发了，已有很多次发病经验的杨老太太心想一会儿就好了。可这回状况不轻，她在迷糊中见到有好多人围在自己身边……

"快去打电话，叫救护车！"其中一个老太婆说。有一个老头掏出一元硬币往公园内的电话亭走去。

昏迷不醒的杨老太太在热心人的协助下，很快被抬上了救护车。公园内的老人们目送远去的杨老太太，"她能不能渡过这一关？"有一个老太婆忧心忡忡地说。"大吉大利！"有人接住她的话。一团阴影笼罩着这群老人家。

杨老太太在救护车上苏醒过来，并非药物的效力，也不是救护车的震动，而是她感到有人在用力摘她左手上的戒指。左手的无名指是她身体中神经最集中的地方。她的戒指摘不下来。

"多谢你救返我！"杨老太用粤语对着面有愧色的车厢内唯一的男子说。"分内之事，应该做的。"车厢内的男子对感激之情显露无余的杨老太太说了一句客气话。

救护车很快就到了医院，杨老太太被抬下车时，再次对车厢内的男子说："非常感谢你救返我一条命！"在场的所有人听到杨老太的话都对车厢内的男子产生好感。

貌貌的故事

石先生身材高大，已过而立之年。他带着太太和五岁的儿子来到缅甸古都曼德勒市著名的玛哈蔑穆尼佛塔拜神，还特别买了金箔贴到神像身上。拜过神后，他们一家坐在佛塔内的长椅上休息。

"刚才，佛塔的门口有一个流浪汉一直盯着你。"石太太说。

"我也注意到了，有点儿像泰国边境达府M市认识的MaungMaung（音译貌貌），不过好像不太可能。"石先生对太太说，"说到貌貌，他是缅甸中部的巴玛族人，在泰国时交上了桃花运。在M市落魄时，有一个在经纪介绍所工作的克伦族女工借给他三万泰铢做生意。我们几个华商一起回曼德勒看一批玉石，他也跟着来了，还参股了。后来我们回到泰国把买的货卖给了台湾的商人，价钱翻了两番。"

"哟！看来貌貌要好好感谢那位克伦族的红颜知己呢。"

石太太对这个故事颇感兴趣。

"貌貌是非常感谢这位克伦族女工，他不仅把钱还给了那位女工，还特别买了一条金项链送给她，当然还讲了不少感谢的话。"

"之后他们就坠入了爱河，对不对？真浪漫……"石太太插了一句。

"当时我们也这么认为，可貌貌却说'我是一名珠宝商人，将来有大好前途，怎么会跟一名木挪结婚'。木挪是泰国边境一带对克伦族家庭女工的称呼。"

"男人就是不了解女人的心。患难见真情，如果那次买的玉石卖不到好价钱，或因为其他意外亏本，那名克伦族女工的钱岂不是打水漂了？那可是她辛苦工作的血汗钱！"石太太为女工叫屈。

"那次生意结束后，貌貌就离开了我们几个华人玉石商，跟另外几位同乡开始了新的生意。听说他买中了一块玉石，打开了之后赚了一大笔钱，说起来也是七八年前的事了。"石先生说完后，一家仨口走到佛塔出口。

"老石！"标准的华语，这是石先生在泰国时华商之间的称呼，在曼德勒没有人这么叫他。"真是你吗？我是貌貌。"后面这句是用缅语讲的。

是貌貌，昔日年轻、自信、有理想的貌貌消失了，他已不是一名珠宝商，而是一名流浪汉，估计也是一个瘾君子。

"你怎么会变成这样？"石先生看着手脚微微发抖的貌貌，心中产生一丝同情。

"说来话长，先给我一些钱，我已经两天没吃饭了。"貌貌伸出手，等着拿钱。

石先生从口袋里掏出几张百元缅币，取出一张给貌貌。"再给一张！"貌貌边说边从石先生手上又抢了两张百元钞，然后拔腿就往最近的饭馆跑。

石先生一家仨口上了私家车，并慢慢驶到貌貌奔进的饭馆前，停了一下，看了看正在狼吞虎咽的貌貌，便很快离开了饭馆。

石太太像是在对丈夫说，又像是在自言自语："如果他跟那名女工结婚，处境一定胜过现在！"

诱

　　春节过后，两个孩子又开学了。一大笔学费和学杂费对富叔来说，还真有点儿喘不过气。他们一家移居澳门只有几年，夫妻俩一起在制衣厂上班，每人日薪不足百元，在澳门属于低收入阶层。不过，富叔的孩子聪明、懂事。昨天富叔还带着孩子们去莲峰庙玩，在林则徐的塑像前，富叔还向孩子们讲述当年民族英雄禁烟的故事。

　　此时的富叔拉着小车子，过境到拱北买菜。工厂提前放假了，工人没有收到往年分发的过节礼物，让人感觉这日子是一年不如一年了。同一个大厦的两间工厂的工人都被投资方遣散了，取而代之的是外地劳工。富叔任职的工厂迟早也会是相同的命运，想在这里混口饭吃越来越难了。猪年来临，有人猪笼入水，财运亨通，而不惑之年的富叔却感到年关难过。

　　富叔拉着装满瓜菜的小车子走在出境前的广场上，突然有人在富叔背后用粤语问："带唔带嘢（带不带货）？"

富叔心里想能赚十块钱也好啊。他平时也会帮一些菜贩子带蔬菜类的货物过境。

富叔回头一看，原来不是菜贩子，而是一个穿着短皮革外套的中年男子。中年男子从上衣口袋里取出一沓儿黄色钞票："这里有五万港元，全给你！"他冷冷的眼神让富叔不寒而栗。他迅速将钞票塞回口袋，然后从背包中取出一个塑料袋包着的方形物品，"帮我带这包毒品出境！"一种邪恶但又有诱惑力的气氛将富叔包围，越围越紧，自己数年的积蓄还没有这包东西代价的一半！

"毒品？不带！"只是数秒，富叔冲出了超强诱惑力的包围，加快脚步离开了，拖着小车向边检大厅跑。他不解原来躲在澳门各角落的"道友"最近集体出现在拱北街头的广场，有时排成一排在那边打瞌睡、流口水，无人问津，而带毒品出境就如同水客带香烟、洋酒、蔬菜一般。

过了拱北海关，富叔的心还在咚咚地跳个不停。毒品在全世界泛滥成灾，而富叔还是第一次亲眼见到。每天进出两地的同胞数以万计，会不会有和自己处境相似的人？他们会不会被那些金钱所惑呢？

钻石婚

　　我在整理出席社团敬老茶会的老人名单，发现有一些领了餐券的长者没有出席，其中就有罗仁杰夫妇。

　　记得去年，他很辛苦地爬上会所的一楼来领餐券。他告诉我几年前他曾得过中风，以为这辈子就只能躺在床上等待上帝的召唤了，没想到后来竟能重新走路。他去年参加了敬老茶会，他太太因瘫痪多年，行动只能靠轮椅，不方便出席。今年两个人都没有来。

　　我带着两份礼物照罗仁杰夫妇的地址找了过去，我一口气登上三楼，感觉有点儿气喘，想起去年罗仁杰爬一楼都上气不接下气的，住在没有电梯的三楼，真难为他了。

　　我敲了敲门，过了一会儿门开了。我被眼前的大红双喜字弄得一头雾水。罗仁杰见到我异常兴奋，招呼我坐下，告诉我今天是他们夫妻结婚六十周年的纪念日。我才注意到两位老人都换上了新衣裤，家里除了老人外，还有一个菲律宾女佣。他们的生活由她照顾。

"你是我们今天唯一的客人。"罗仁杰高兴地说，他感到有人与他一起分享喜悦。我第一次见到罗太太，就对他们说："我是来给您送敬老会的礼物的，如果知道是您二老钻石婚纪念日，一定要备上礼物的，这世上能有几人庆祝钻石婚？"我真诚地说。这世上有机会参加钻石婚纪念活动的人也不会太多。

"我比她大十岁，今年八十八。当初结婚时，我就想以后我老了，我老婆比我年轻，可以照顾我。没想到是反过来我照顾她整整十年。"罗仁杰边说边笑，这么大年纪，什么风浪没见过。

"真难得！"我见到菲律宾女工在喂罗太太吃甜品，"你们的孩子不在澳门吗？"

"我们有三男三女，全成家了。有两个孩子在香港，三个孩子在加拿大，澳门也有一个。我们有十二个孙子孙女。他们都很忙，有时也来看看我们。"罗太太一讲到孩子就特别有精神……

没有音乐，没请客人，没有贺礼。一个可遇不可求的钻石婚纪念，我有幸偶遇，也见到了暮年的冷清。罗仁杰曾在娱乐公司任冷气维修工多年，有退休金，他缺少的是儿孙满堂的偶尔聚会！

荣叔

三盏灯圆形地①上，记者正在采访头发稀疏的荣记茶餐厅的老板荣叔，询问关于旧城区重建的意见。荣叔显得胸有成竹，拿出早已准备好的稿子，向记者一一叙说。

三十年前的一个夜晚，荣叔也是站在长满草的三盏灯，迷茫地看着周围陌生的环境。早上他还在缅甸首都仰光市，跟亲人道别，之后乘飞机到了香港。香港移民局是不允许像他这样拿无国籍护照的人士在香港停留的，他就像每一个从缅甸移居到澳门的归侨一样，如解送犯一般被送上到澳门的轮船。荣叔到澳门时已是傍晚，他出了移民局，看着周围陌生的环境，口袋里只有两英镑，这是他获准带出境的钱数。

---

①三盏灯圆形地："圆形地"来自葡萄牙语，意思是指路口中间。"三盏灯"是澳门著名的缅甸华侨聚居地。这里指的是澳门圣安东尼堂区不远，俗称"三盏灯"的嘉路朱耶圆形地，是澳门的市中心。

他不知道哪路巴士到三盏灯，更不敢叫出租车，他不知道口袋里的两英镑够不够车费，他还要靠这两英镑吃饭呢。

"你要去哪里？"有人用粤语问荣叔。荣叔祖籍台山，听得懂粤语。他赶忙取出地址给那人看。那人看了之后说："三盏灯，我也去那儿附近，我带你过去吧。"那人叫了一辆出租车，叫荣叔上车。其实路程并不远，很快就到了。"就是那里。"那人指了一下有三个灯泡的铁柱。荣叔后来只知道那是个香港人。

荣叔来三盏灯是要找他的一个远房亲戚，可同他那位亲戚一起租房的人告诉他那位亲戚前一天刚进了镜湖医院，还没出来，并例外允许荣叔在客厅睡一晚。荣叔彻夜难眠，不知接下来该怎么办。第二天早上另一位房客起床了，竟是荣叔在仰光时的一个朋友。荣叔就这样找到了工作，心也安定了下来。到澳门的头三个月他省吃俭用，舍不得喝一杯奶茶。

三十年过去了，荣叔没有离开过三盏灯，他头上的黑发几乎都掉在了三盏灯的草地上。他的生活已经发生了翻天覆地的变化，三盏灯也越变越美。他与三盏灯有着极深的渊源，他希望能再见到三十年前送他到三盏灯来的那位香港人，他希望能有机会报答他，可总是见不到。

荣叔关于旧城区重建的建议中有一条是在高士德路口建一个三盏灯的标志，让游客一看就知道。他要美化三盏灯，因为他是三盏灯一分子，这里也是他生活旅途中最开心的地方。

邻埠王老五

　　耶佩，邻埠的王老五，认识他的东南亚朋友都叫他这个外国名字。他年约五十，是东南亚华侨，一米七的身高，是一家饮料公司的化验员。因为有亲友在小城，每逢周末耶佩就到小城度假。耶佩是我的中学同学。

　　一次社团活动，由耶佩赞助做东南亚风味小吃。小城有近百位新朋旧友齐聚一堂，大家在品尝昔日常吃的小吃活动中，唱卡拉OK是一个主要节目。耶佩的外语比华语好，也上台唱了几首东南亚歌曲。歌声把在座的华侨朋友带回到了数十年前的生活。有些天分的朋友都轮流上台一展歌喉，也都得到了热烈的掌声。

　　因为耶佩是我的同学，有不下五位朋友向我打听耶佩的过去，都是要为自己的姐妹穿针引线。我的孩子已上大学，恋爱对我来说是很久以前的事了。原本只是想和朋友们一起过个周末的耶佩，一下子成了小城未婚大龄女子的理想对象人选。

"接下来请耶佩再为大家唱一首《少男的樱桃园》，这首歌要合唱，请玛丹温也上台，为大家演唱。"我以活动主持人的身份建议。

玛丹温是一位寡妇，丈夫去世十五年了，半老徐娘，一个人把两个女儿抚养成人，也是中文没有外文好，喜欢唱原居住国的歌曲，热衷社团活动。她在社团活动中，找到了友情。此时她大大方方上台，耶佩没想到我会这样提议，音乐开始了，他俩来不及打招呼就唱了起来。

其实是玛丹温的哥哥要我这样做的，他想为守寡的妹妹找到另一半。一表人才的耶佩在各方面都是理想人选，他们出生在同一个国家，有共同的语言，共同的饮食与生活习惯。

这首男女声合唱在一阵热烈的掌声中结束，有朋友建议他们再唱一曲，他们选了《合欢树下的情歌》。

我们在一家叫"古城茶餐厅"的地方用晚餐时，耶佩对我说，"昂昂奈！你下午的玩笑可开大了。"他习惯叫我在国外的名字。

"我是受人之托，也是为了促成一段美好的姻缘。歌声响起后，整个气氛充满着诗情画意，《合欢树下的情歌》让我忘掉了自己的年龄。"我轻松地回复着心事重重的耶佩。

"婚姻、家庭……我之前的两次婚姻都以失败而告终，可不敢再碰了。"听了这话，我真是大吃一惊。自从我们中学时期分开后，我到了中国中部读书，后来上山下乡，之后就到小城定居。而耶佩到了邻埠，如不是在社团活动中邂逅，我们可能永远就这么失去联系了。

再见面，我俩都已是近五十的人了，听说他单身，我就更不敢涉及这个不开心的话题。

"两次？"我不由得问了出来。

耶佩点点头。

"婚姻生活一定要相互磨合，相互包容，第三次会有所不同的。玛丹温有失夫之痛，她更懂得珍惜。"我还是想促成一段佳话。

可能耶佩一个人的日子太久了确实有些孤单，也可能玛丹温的歌声太甜美，耶佩答应考虑我的建议。

不久，我移民到大洋彼岸。五年后再次回到小城，我在中区的图书馆前看到了二十米外低头走路的耶佩，我故意走到他面前停下。他愣了一下抬起头来，见到我马上说："昂昂奈！什么时候回来的？"

我俩在图书馆旁鸡蛋花下的木椅上坐下来，分别五年的同学互相诉说着各自的生活。我很简单，因为子女到大洋彼岸读学，毕业后找到了工作，我与太太顺其自然就移民了。一生经历了多次移民，我已感到疲惫不堪了。

"成家没有？我还记得你们唱《合欢树下的情歌》，挺有夫妻相。"

"还是一只鼠①。"耶佩说。

"为什么？"我问。

"做男人不是一件容易的事。现在到处裁员，我失业三年了。没有钱会有女人喜欢你吗？"耶佩用原居住国话说着，我听起来感觉更沉重。在原居住国，男主外女主内，女性就业率低，在那里做男人确实是一件不容易的事。

我们互留了电话号码，在图书馆旁分了手。

耶佩，一只鼠，邻埠王老五，我的中学同学，一个感觉"做男人不是一件容易的事"的男人。

---

①一只鼠：这里是指单身的意思。

一份公证书

　　阿丙风尘仆仆地赶回在澳门的家，站在母亲的遗像前发呆。他身上的衣服散发出一阵阵汗味，他来不及换，怀着悲伤的心情，更多的是后悔，用打火机点上一炷香，插到香炉上。望着袅袅升烟，他在心里咒骂着自己。母亲在世时，他没有尽力去孝顺，去赡养。

　　阿丙已经成家，有两个儿子。他一直不务正业，开工时总是三天打鱼两天晒网，多年来进出各赌场及麻将馆，家里的生活非常成问题。好在他妻子有一份固定收入，家吵屋翻是常有的事。他有时也感到内疚，感到对不起妻子和孩子。他去赌场也是想一下子弄一大笔钱，还冠冕堂皇地说，完全是为了这个家。"如果有一天，我……"阿丙总是想入非非。

　　他从母亲的灵位前走到餐桌旁，从行李袋中取出一个公文袋，慢慢打开，取出一份文件，原来是一本公证书，证明他是母亲唯一的儿子。母亲活着的时候，住在木屋区，以捡破烂为生，一个人独居，他以前不愿意去母亲家。

母亲去世后，他草草处理了母亲的后事。让阿丙意外的是，在母亲去世后的一个月，有三个同乡分别交给他三本存折。存折里是母亲的遗款，数目大得让阿丙非常吃惊。他并非见钱眼开，而是实在太过意外了。同乡还向他转告了母亲的遗言——不要再赌了！

他没有办法拿到母亲存折里的钱，要有公证书才行。他在回乡下办公证的十多天里，反省了自己近十年的得失，他输掉的钱不比母亲的少。他决定用母亲的遗产在乡下建一所房子，并用母亲的名字命名。

阿丙在他母亲去世后真的改邪归正了。

迟到的团聚

小城北角的鸭涌河公园。

曾凡与女儿岚岚走在公园的小径上，岚岚第一次到父亲生活了二十年的小城探亲。春风带有丝丝寒意，曾太太因身体不适留在了高原风城。父女俩一时找不到话题，就默默地顺着公园内的小径向前走。

曾凡以前生活在高原的风城，小城有年老的叔叔需要照顾。他离开风城时女儿岚岚只有三岁，新的生活会给他新的希望。原本以为只要努力工作，一家人很快就能在小城团聚。叔叔在他来到小城不久后就去世了，只剩下曾凡一个人在小城打工。

由于曾凡语言不通，工作也不顺心，他一个人在小城熬了十多年。原本身体不好的妻子获批来到小城定居，已上中学的岚岚因超过十四岁没有被批准移民，留在了风城。多病的妻子怕到小城给丈夫增添负担，而女儿一个人独自留在风城上学她也不放心，后来坚持回到了风城。曾凡夫妻只能继续着现代牛郎织女的分居生活，每年只能相聚十几天。

曾凡想离开小城，回风城生活。可回到风城做什么工作呢？曾凡离开风城十多年了，原来生活的风城对他来说已变得十分陌生，要重新融入风城的生活需要一段时间。

结果曾凡在小城时想风城，回到风城又想小城。一晃就过去了二十年，小城早已改朝换代，女儿岚岚也大学毕业了。他团聚的愿望还只是在梦中才能实现，政策规定六十五岁以后才有机会申请女儿来团聚。

"这是什么河？"岚岚看着围满铁丝网的小河问。

"是鸭涌河，是两地的边界，这条河是禁区。别小看这条小河，它让小城上万个家庭的子女与父母团聚，你只是其中之一。"曾凡的话使岚岚的脚步放缓，最后她停住脚步，呆呆地看着这十几米的小河，望着河心的红树林及野草。

"爸！我大学毕业了，我在风城已经找到工作了。我们一家分开得太久、太远了，现在有办法一下子可以解决我们的团聚问题……"岚岚说。

"有什么好办法？"曾凡看着女儿，以为她听到了什么好消息，比如女儿申请团聚有进展，可女儿根本没有条件申请团聚，独生子女也要等到父母六十五岁才有条件申请。

报警

　　"你不要再赌了，好不好？你已经把我的积蓄在短短的一个月内全输光了，我真后悔申请你来澳门旅游！"司徒惠梅几乎到了哀求的地步。

　　"人生就是要搏！我只是运气不太好而已。有机会来到赌城，到处都有发财的机会，岂能空手而回？"四十多岁的马添福仍然对自己充满信心。

　　"为了我们的家庭，我孤身一人来澳门打工。你要来见识一下，我没有意见。可你一下子输掉那么多钱，你还是赶快回乡下去吧。你的签证明天也到期了。"司徒惠梅边走进卧室边说。

　　"想赶我走？没那么容易，我要赢回输掉的钱！"马添福从冰箱里拿出一听啤酒，慢慢喝着。他想着明天再去赌，可手里已经没钱了，他也知道老婆的钱已经被他输光了。

　　"啊！"司徒惠梅一声大叫，怒气冲冲地从卧室跑出来，

"你是不是拿了我的首饰？"

"我还以为是什么大不了的事。"马添福故作镇静地说，"我只是借用一下，翻本之后，我会去当铺赎回来还给你。我们是夫妻，钱不用分得那么清楚吧？"

马添福继续喝着啤酒。

"把当票给我，你明天一定要回乡下。"司徒惠梅斩钉截铁地说，没有商量的余地。

"我不走，你拖我出去啊？"马添福想翻脸，但还有一点儿理智。他站起来，将啤酒罐子甩到桌上，打开门，然后头也不回地走了。

司徒惠梅拿起电话，拨到了警局，她觉得这是唯一制止家里破产的方法。

后果如何，她已经想不了那么多了。

沉沦

　　阿莲特别开心，发自内心的开心。此时，她正在一家西餐厅里用餐，先用右手切牛扒，然后用叉插入牛肉，慢慢往嘴里送，并望着桌子对面的丈夫阿诚微笑。

　　阿诚也冲妻子笑了笑，可心里开始发凉。从妻子的笑容里，他预感到了可怕的后果。他不敢再想下去，只是默默地吃着他的意大利粉。

　　"我终于明白，你为什么不愿意工作，非要到赌场搏杀了。如果手气顺，一天可以赚到一个月以上的薪水。"太太的话，阿诚似乎在漫不经心地听着。

　　"说实在的，"阿莲继续说，"当初你欠下赌债，我大吵大闹，离家出走，甚至要离婚，都不能逼你离开赌场。两个星期前的一个晚上，我终于想通了。"阿莲又将一块牛扒往嘴里送。

　　"你想通什么了？"阿诚一头雾水。

"你一年之内输掉了家里的大部分存款，你迟早会把整个家输掉的，当时我想过跳海死掉算了。"太太的话让阿诚非常吃惊，他没有想到自己沉迷赌博，有这么严重的后果。他左右手的刀叉停在了半空中。

　　"你不用惊慌，我不是没有死吗。我不甘心，我决定到赌场看看，到底是什么力量吸引着你，现在我终于明白了。"阿莲得意地说，又去切牛扒。

　　阿诚没吭声，他现在才知道两星期前，妻子想过要跳海。想到这儿他的心都凉了，而现在妻子赢了钱的表情正像当初的自己，这是陷入泥坑的开始。他当初是想赢回输掉的本钱就收手，可后来就深深地陷了进去，无法自拔，他知道自己在一步步沉沦。现在太太也开始了……他在一刹那间做出了一个决定，这之后他感到一阵轻松。

　　"阿莲！明天我去上班，戒赌！你也回工厂车衣，我俩永远不再进赌场。"阿诚的话一出口，这次轮到阿莲吃惊了，左右手的刀叉停在了半空中。

　　"为什么？我刚刚赢了一笔。我要赢回你输掉的钱！"阿莲并不喜欢这个提议。

　　"我当初也赢过钱，我明白你现在的心情，是不是觉得自己超幸运？以为自己想什么就会得什么？这就是沉沦的开始，你会越陷越深，最后无法自拔。趁现在还没到无可挽回的地步，收手吧！回家吧！我们两个孩子今天中午吃什么？"

助

　　她又满脸是汗水地在校门口等待放学的儿子，陆修女注意到她已经有一段日子了，也正是因为她让陆修女在近千名小学生中注意到了她的儿子，一个读一年级的小男生。

　　"看你的汗。"陆修女关心地说了一句。

　　她有些难为情，从裤子口袋里取出一条白手帕，擦去额上的汗。"我在工厂上班，从美副将马路赶来，天气热。"她边擦汗边说，"接完孩子还要回去上班。"

　　"其他人不能帮你接孩子吗？"陆修女随便问了一句。

　　她欲言又止，最后摇了摇头说："家里有孩子的祖母，七十多岁了，走路不太方便……"放学了，孩子们拥向门口，谈话被中断。她拉着儿子的手，向陆修女挥手告别。

　　第二天放学前，陆修女特别在门口等她。她又是一头一脸的汗水，从工厂步行赶来。陆修女已了解到她的丈夫去世了一年，她还有一个小女儿，在另一个学校读书。她的生活压力特别大，应该帮帮她。

陆修女非常慈祥地向她招手，她走向修女。"学校想请一名校工，你有没有兴趣做？"修女说。

她听到后，眼睛一下子亮了起来，仿佛见到一位天使出现，一股从内心发出的喜悦映上了她的脸庞，忙不迭地点点头。

"我可以多看看孩子，还可以接他回家。我做……"她激动得声音都变了。

寡妇的希望是孩子！她得到了陆修女的帮助。

天使就在人间！

重新工作

汪宝泉又开始工作了？

我在离开台北回澳门之前，照惯例一定要打电话给汪宝泉的家人。汪的孩子回复说："妈妈昨天突然去澳门了，爸爸去工作了。"我感到此事不同寻常。

我和汪宝泉出生在缅甸，又是同学，二十世纪六十年代末先后移居澳门，同在一家望远镜工厂一起磨玻璃多年，之后又先后回乡下娶妻。八十年代初，我俩又先后到台湾工作，十多年来，台北、澳门两地飞，后来两家的孩子又先后到台湾读大学，学有所成之后，都留在台湾工作。

命运竟是如此的相似，加上近半个世纪的友谊，我们两家可以说是比各自的亲戚来往得更密切。

孩子长大了，我也到了退休的年龄，台北春天没完没了的细雨我很不适应。我回到澳门住了几个月，后来汪宝泉也回澳门了，我们在澳门都有房子。我们一起参加一日游，一起到公园下棋，一起到茶楼喝早茶……

"孩子们都长大了，我们完成了做父亲的责任，应该善待自己了。"汪宝泉有一次喝茶时对我说。

突然又去工作……一定有什么事。

我回到澳门的第一个电话就是打给汪宝泉的。汪太太接了电话，简单地回复说："老汪去上班了。"她刚回到澳门，一定很忙。

又工作了？莫名其妙！

我才离开澳门三个星期，老汪到底在搞什么？怎么突然又工作了？虽然退休后，有一段日子闷得慌，可我们已经苦了一辈子，不是说好要善待自己吗？

汪太太没说丈夫为什么又工作了，我也没问。工作就工作吧，有工作做日子确实好过些。不过有一点我可以肯定，老汪上班不是缺钱用。我俩虽是打工一族，但数十年省吃俭用，银行里都有近百万港元的存款，每月还有退休金，加上孩子们敬孝的茶资，晚年生活是没问题的。

"老汪！你刚休息没多久需要那么着急又出去工作吗？"晚上来到老汪家，我直截了当地问。

"我要是跟你一起回台北就好了。"汪宝泉轻松地说。

我见汪太太的脸色不太好看，有一种山雨欲来的感觉。

"他说苦了一辈子想回到熟悉的地方生活，回到开始奋斗的地方。我不放心他一个人在澳门，就一起来了，这回可好了，我们不但回到了开始奋斗的地方，也回到开始奋斗的年代。"对于汪太太的话，我一下子没听懂。

"什么叫回到奋斗的年代？不就是又去工作了吗？我有一个朋友年龄比我俩都大，也还在工作。如果有一天我也想工作了，老汪你要帮忙介绍哦。"我开玩笑地说，想调解一下过于紧张的气氛。

"你可千万不要学他，他不是想工作才去工作的。"汪太太说。

"那是为什么？"我问老汪。老汪笑而不答。

"苦了一辈子，赚下近百万，这是一家人辛苦换来的。可就在这三个星期里，全被他输光了。"汪太太说完，终于忍不住流下了眼泪。

"不是说好不去赌吗？"我问老汪。

"我刚才不是说，如果跟你一起去台北就好了。"老汪仍然笑着回答，可笑得很勉强。

士别三日，刮目相看。友别三周，输掉百万。

美容师的过错

微威国，国微财威，财大者气必粗，微威国的官员普遍都得这种"气粗病"。

梅姨，年约五十的微威国女公民，工作勤快，吃苦耐劳。清晨六点她骑着一辆自行车，直入公园，然后把自行车停在一间小屋外。梅姨走进小屋，再出来时，已换上了阳光美容清洁总公司的制服，原来她是微威国公园的清洁工人。她顺手拿起一把长扫把，开始了她的工作。清扫公园的落叶、树枝和各类垃圾等，都是她的工作范围。

移居微威国之前的梅姨在乡下种田、养猪、养鸡、养鱼，读书不多。

"我们村有一个老学究，明明是去茅厕，却说是上什么'五谷轮回之所'，都不明白他到底在说什么。问他什么意思，他也只是笑，但不回答。你们知道是什么意思吗？"梅姨几次问工友们，大家都摇头。

"你管他是什么意思，老人就是喜欢乱讲话。"有工友回答。

"就像我们，在公园做清洁工作，偏偏叫什么'城市美容师'。我儿子听说我是美容师，笑得喘不过气来。"梅姨对工友说。

这就是梅姨，因为她骑自行车上班，在同事中还有"环保美容师"的美誉。

今天她清扫烧烤场。昨天在公园烧烤场的游人很多，留下了一大堆垃圾，梅姨要分类清理。

"这些人太浪费了！"梅姨看到很多食物被丢弃，她很心疼。尤其是很多面包，吃不完可以带回家。她把面包全收起来，装入一个塑料袋。

上午的清扫工作完成了，下班前她拿出那一大袋面包，走到公园的鱼池，把面包抛入池中。一大群非洲鲫、锦鲤、草鱼、乌龟等涌出水面，梅姨看到鱼群争食，开心地笑了。过去在乡下养鱼，也见过这种情景，她过去抛入水面的是青草、老菜叶等。乡下的鱼池中养的都是些大头（鲢）鱼、草（鲩）鱼，也养非洲鲫，那时乡下有的养鱼户还在池边建厕所。

"同样是鱼，乡下的鱼与微威国公园的鱼就是不一样。世界上有的穷人都吃不起这些好面包，我却捡来喂鱼，真是罪过。"梅姨抛面包时突生感慨。

下午下班了，阳光美容清洁总公司公园分公司的经理对梅姨说："你的过错有二，第一，有明文规定公园内不准骑自行车，你每天骑自行车进公园。"

"我都骑自行车上班一年了，你为什么今天才说不准。我明天不骑自行车上班了，行了吧？"梅姨说。

"第二，你拿面包喂鱼。公园不是有规定吗？游客不准带食品进入公园喂鱼。你明知故犯。"梅姨想到中午下班前，把捡到的面包拿去喂鱼了，可是谁见到了？

"我骑自行车上班，你有证据。我不是游客，我也没从外面拿面包回来啊！谁看见我拿面包喂鱼了？你听谁说的？"梅姨辩解着。

"当然有证据，这是你喂鱼时被拍下的。你看你笑得多开心，你往鱼池里丢一些不卫生的食品，鱼吃了会生病的。"经理一本正经地说。

梅姨傻了，还有照片？还照了相？谁还带相机上班呢？

"我知道你在想什么，你想知道到底是谁这么无聊，还照相，是不是？"经理说，"你在喂鱼时，有市政厅的官员在附近，他用手机拍下了你喂鱼的样子，上面还有时间。你不知道现在科技发达吗？你不知手机可以照相吗？"

"我认了，我是看到这么好的面包丢了可惜。在乡下，只能用青草喂鱼……"梅姨感到自己说的话有道理。

"这里不是乡下，这鱼不是你那乡下的鱼。你现在是在微威国！你有见过微威国的鱼吃青草吗？我们喂的都是进口高级鱼饲料。"经理说，"所以，你明天不用来上班了，你已经被解雇了。"

"什么？就因为这一点儿小事，就炒我鱿鱼？"梅姨很生气。

"是，就为这两点，你被公司解雇了。"经理说完便扬长而去。

梅姨呆了，她不停地问自己："过错，喂鱼？我为什么要去喂鱼？浪费就浪费，我为什么要去捡那些面包？我为什么……"

李助教的彩虹

"上街像公子，干活像花子，吃饭像猴子。"这是当地人对高原农场工人的描述。

上街，是指五公里外的一个集市。每逢星期天是集日，农场工人此时会穿一套光鲜的衣服去赶街，像公子；干活是指在农场下田干农活，一般都是穿着旧衣服，还有不少工人穿着打补丁衣服（当时社会上执行布票制），像花子（乞丐）；吃饭是到农场的集体食堂，每人拿一个饭盒之类的排队买饭菜，再各自找一个地方坐着或蹲着吃，像猴子。

二十世纪六十年代末，黎大元离开省会的华侨补习学校，下乡到高原农场，被安排在基建队工作（当时的流行语：知识青年上山下乡接受贫下中农再教育）。从此，黎大元正式加入"公子、花子、猴子"的行列。

基建队的主要工作是建房子，当时建房子的材料是石头、土砖、木头、瓦片、石灰等。当时也没有任何机械辅助，要建一幢房子全靠人力完成。遇到大石头需要搬移就是男人的工作了。每次搬巨石，就会有人喊："大头老李，搬大石头！"

大头老李，原名李泽伦，因头特大而得到这么一个绰号。他不但头大，身体、手和脚都特别肥大，他伸出十个手指，像十个长短不一的胡萝卜。当时的生活条件不好，他是靠吃什么食物长得如此粗壮在当时是一个谜。年近五十的他，未婚，烟酒不沾，有些文化。但文化程度到底有多高也说不清。他曾是某大学的助教，数千人的农场，大学生没有几个。高中毕业算是高学历了，更多的职工是中小学学历，还有数以百计的文盲。李泽伦不说自己的学历，这是另一个谜。

大学助教怎么会在一个农场建房子呢？

答案很快就有了，他在 1957 年因提意见被划为右派，到农场接受劳动改造，他属于"黑色行列"。七年之后，因他工作表现较好，才摘了右派帽子，回到"白色行列"。白色的变黑很快，黑过的变回白就更难了，他没有回到原来的大学教书，而是留在农场当了一名建筑工人。

一个工作以外的插曲让我和大头老李有了进一步的交往。因住房安排，我成了大头老李的室友，最后我俩成了忘年之交，成了推心置腹的好友。

李泽伦喜欢看书，有一套精装本的《石头记》，几个月就重读一遍，从不借人。黎大元近水楼台，把《石头记》也读了几遍。还有多本外国名著，全部藏在他床底下的一个地洞里。当时如果被人知道，保留这类封（封建主义）、资（资本主义）、修（修正主义）的书籍，可能成为一条罪状呢。社会上的各类书籍在"文化大革命"中被烧得七七八八，当时要找一本书看很困难。黎大元因为大头老李之故读了一批名著，有些是大头老李朋友的藏书。

在农场休息的日子，一群人要不下中国象棋，要不玩扑克牌消磨时间。黎大元更喜欢看书，他从国外回到祖国就是为了读书。可他生不逢时，遇到了"文化大革命"，在省会华侨补习学校没正式上过几天课，大部分时间都是看传单、开批斗会了，混了几年，才列入知识青年的行列。

"大元，星期日有没有时间陪我到大西村走走？去看个朋友。"大头老李说。

"好！李老师，我上山下乡到这里，很多地方都没去过。听说那大西村有一个樟林龙潭，有数十株参天古老樟树长在龙潭边。潭水清澈见底，风景很不错。"黎大元说。

他对大头老李的称呼有别于他人，大头老李是大学的老师，黎大元回到祖国与大学助教同室，竟是在大学以外的华侨农场。也因"李老师"三个字，大头老李对黎大元很有好感。

大头老李特别换了一套新衣裤，还穿上一双新的解放牌胶鞋。黎大元有新衣服，是从国外带回来的，穿着一双"回力牌"球鞋，还戴了一块椰树牌手表，这在当时可是一件奢侈品。两个农场"公子"上街了。黎大元带了一支气枪，这是他休息日的活动之一，也是改善生活最有效的方法。

"如果能打到斑鸠，晚餐还可以加菜呢。"黎大元觉得龙潭樟木林中一定会有鸟雀，说不定还有松鼠可猎，因此心情特别好。他对自己的枪法也很有信心，他还计划近期制作几个动物标本。黎大元以前也经常猎到斑鸠，会与大头老李分享。今天听到黎大元的话，大头老李不像以往的反应，有点儿心不在焉。

秋天的田野，是一片金黄的世界，一群农场"公子"走在上集市的大路上。有人突然唱起"我们走在大路上，意气风发斗志昂扬……"

在一个岔路口，大头老李和黎大元离开了农场"公子"的行列，其他农场"公子"才知道他俩不是要去集市，而是要去大西村看朋友。

到了大西村口，有一位中年村妇在等大头老李，他们是认识的。大头老李向黎大元介绍说："这是陈大妈。"黎大元也跟着大头老李进了陈大妈的家。

不久，另一对中年夫妻带着一个少女进了屋，陈大妈介绍说是苗大爹、苗大妈、小苗等，又向他们介绍老李和小黎，说他俩是农场工人，有固定收入，每个月底领工资，不用等到年底才分红之类。

黎大元坐了一会儿，向陈大妈问了樟林龙潭的方向，对老李说："我要为晚饭加菜努力一下。"说完便带着气枪出去了。

大头老李和苗大爹一家、陈大妈等东南西北地闲聊了一阵，最后讲到正题，原来大头老李是到大西村来相亲的。

大头老李对村姑小苗挺欣赏。小苗长得眉清目秀，虽然只有中学毕业，但比其他目不识丁的村姑强多了。他对媒婆陈大妈说了自己的看法。

苗大爹一家对今天的见面也挺满意，能把女儿嫁到农场，每月有工资领，再好不过了。村姑小苗脸上羞涩，心里还是喜欢的。

相亲之事如此顺利，陈大妈没想到，觉得特别开心。

"要不要问一问小伙子的意见？"苗大爹突然冒出一句话。苗大妈和小苗同时望着大头老李和媒婆陈大妈，从他们的眼神中看到了相同的疑问。

"你没有对他们说清楚吗？"大头老李突然问媒婆陈大妈。

"我说过啊。"陈大妈转向相亲的一家三口，也有点儿不知该说什么好了。

"最好问一下他本人，现在已经不是包办婚姻的年代了。还是问一问那个拿着气枪的小伙子的意见。"苗大爹对陈大妈说。

"相亲的不是那位小黎，今天来相亲的是老李！"陈大妈说。

"老李，小李不是两父子吗？"苗大妈说。

"不是小李，是小黎，黎明的黎。"陈大妈说。

苗大爹一家三口面面相觑，看来他们完全会错意了。村姑小苗很仔细地看了大头老李几秒钟，最终失望地低下了头。

黎大元兴高采烈地回来了，手里提着两只斑鸠，还有几只叫不出名的鸟雀。他一进门就感到气氛不对。

苗大爹一家都在看他，青春、有朝气，穿的衣裤也与当地人不同。他们以为来相亲的是一对父子，黎大元年轻害羞，由大头老李出面谈婚事。

"今天谈的事，隔几天我再回复你。"苗大爹对陈大妈和大头老李说后就告辞了。

大头老李在回农场的路上一直闷闷不乐，他出来时还好好的，怎么一下子就垂头丧气的了？黎大元想不明白。

一晃三十年，年过五十的黎大元和从大学放暑假回来的儿子文德在海滨小城鸭涌河公园散步。有几只斑鸠大摇大摆地在几公尺外的草地上觅食。

"老爸！你说你在樟树龙潭打的就是这种鸟吗？后来大头老李有没有跟那村姑小姐结婚？"文德问。

"那次从大西村回来，有很长一段时间大头老李都不开心。后来他写了一封很长的信要我带到大西村，先找陈大妈，叫陈大妈带路，去找小苗，要我亲手把信交给小苗。并要我保证不可以对农场的任何人提起这事，我都答应了。

"我又到了大西村，这次不是到樟树龙潭打鸟，而是帮大头老李送情书。

"陈大妈带我到了苗大爹家，我见到小苗，把信交给了她。她接过信后到了屋内，我和苗大爹、苗大妈聊着家常。他们问了我在国外的父母，还开玩笑说如果我愿意，可以到他们村做上门（入赘）女婿等。我说我已有女朋友了，是省会读书的同学，也是从国外回来的华侨。当时我已经跟你妈在谈恋爱了。后来陈大妈告诉我，上一次大头老李到大西村相亲的事，我才恍然大悟。

"村姑小苗从屋内出来，面带羞色。她将一封信交给我，要我交给李老师。我还是没有到樟树龙潭打鸟，而是直接回了农场。"

"年轻的女子如果不是有特别苦衷是不会嫁一个大自己几十岁的男子的，而且还是一个大头。这是一条定律，只是不包括有钱的老男人。"儿子文德说。

"那个时代生活水平较低，人们的拜金思想没现在严重，小苗没答应李老师的追求。她的回信很短，只有几句话，好像只能保持朋友关系之类的话。大头老李说：'我写了七张信纸，任何女子都会感动，可她只回了我五句话，真没想到！真没想到呀！'李泽伦老师当时挺失望的。"黎大元说。

"小苗都不接受他的追求了，回信多写几句与少写几句有什么区别？李泽伦老师后来有没有结婚？"文德问。

"没有！李泽伦老师接到小苗的信不久就请假回了风城，他母亲在风城去世了。他母亲身材矮小，我也看过他父亲的照片，个子也不高。有一次他给我看他在大学当助教的聘书，原来他的身材很标准，后来因为脑垂体长了一颗瘤，整个身体开始变大变胖。那其实是一种病变，可当时我们搬大石头时都叫他，还以为他个子大，力气大。

"几年后，我离开华侨农场，移民到这里。李泽伦老师来信说他也调到了风城的一家百货公司工作，需要一部计算器。我寄了一部送给他。几年后，我收到了他同事寄给我的一封信，说李泽伦老师因脑瘤去世了，享年五十五岁。"

黎大元回忆着往事，向儿子诉说着人生经历，他的思绪一下子回到了高原农场、建房子、搬大石头、大西村、樟树龙潭、村姑小苗，还有李泽伦老师和他那段单恋情史。

"李泽伦老师特别喜欢彩虹，每次见到彩虹都特别兴奋。大约是因为一直生活在单调的黑与白之中。他得的是'巨人症'，一生坎坷。没想到在暮年，李助教却享受了一段浪漫的爱情。他把心中的爱写成一封情信，给黑白的生活增添了一点儿鲜艳的色彩，如雨后的彩虹，很美。彩虹，可望而不可即，转瞬即逝。这道彩虹，就是他对村姑小苗那段没有结果的爱。"

公园草地上，一只体格略大的雄斑鸠对一只体格较小的雌斑鸠发出"咕噜咕噜"的求偶叫声。体格较小的雌斑鸠不理会，突然飞走了，雄斑鸠的叫声也停了下来……

多巴湖的一个梦

　　印度尼西亚苏门答腊北部的马达高原的凌晨，夜风吹过森林，枝叶摇晃发出轻微的哗哗声，如诗如梦。

　　钟伟华没有丝毫睡意，他穿着睡衣独自站在酒店三楼的小花园里，微瘦的他正望着美丽的多巴 (Toba) 湖。湖边的建筑群还有稀疏的灯光，更远处是湖中的萨摩西 (Samosir) 岛，此时如一幅水墨画，朦胧的峰峦混合着虚与实。酒店右边是一座不高的山，山上的树木在朦胧的夜色中也只有一个模糊的轮廓。

　　一个很偶然的机会，钟伟华参加了这个由华族社团组织的"多巴湖畔以诗会友"的华文文学交流之旅。文友们从世界各地来到马达高原，下榻多巴湖畔不拉八 (Pematang) 市小山坡上的酒店，在酒店举办了一场别开生面的诗歌、书法、绘画大型展览、文学创作交流的座谈会。各地的文友对这次活动都给予了很高的评价。

钟伟华的书法作品得到了特别赞赏，他当众挥毫，赢得了一次又一次掌声。

"老师，可以为我写一幅吗？"是美琪的声音。她是文学交流之旅中的美少女，跟长辈一起来参加活动，接受中华文化的熏陶。这是在钟伟华刚写完一幅书法后休息的空闲，她在当众求字。

钟伟华看到美琪，心跳莫名其妙地加速，他开会时就注意到了美琪的名字，再见到她时，有一种似曾相识的感觉。听到她有要求后，钟伟华微笑着点点头，挥起手中的毛笔，写下了一首李商隐的《登乐游原》五绝唐诗，赠送给美琪。

他看美琪那爱不释手之态，犹如熟悉的身影，他呆呆地望了美琪一阵。

"老师，也为我写一幅。"另一位文友也向钟伟华索字。钟伟华马上意识到了自己的失态，赶紧再度挥毫，写了唐朝诗人贾岛的五绝诗《寻隐者不遇》。

美琪刚才的神情烙在了钟伟华的心中，他手上写着字，有点儿心不在焉，《寻隐者不遇》写得不太理想，他知道……

"哒！哒！哒哒……"

钟伟华马上意识到这是雄壁虎发出的叫声，在他背后花园的某个角落。在寂静的凌晨，这叫声显得格外响亮。他没有回头看,在热带地区生活多年的他,很熟悉这种小动物。

　　钟伟华想起白天的游湖,一艘可坐四十人的游艇从不拉八市码头开出,钟伟华在游艇上眺望远方的萨摩西岛,岛上山峦起伏,树木葱茏。湖面碧波荡漾,蓝天与绿水连成一片,团友在艇上唱起一首又一首的华文歌曲。游艇上有几个马达族少年,是游艇主的家属。在团友的要求下,他们用印度尼西亚语集体演唱了一首《星星索》。这首传遍世界的民歌唱的就是多巴湖。清脆的童声,表演者没有华丽的服装,没有音乐伴奏。在没有受到现代工业污染,尚存原始气息的高原湖上,那歌声特别令人陶醉。

　　他留意到美琪也在跟着唱《星星索》,她的笑声、她的眼神、她的动作,都是那么熟悉,是他梦中常出现的倩影。他茫然,在这如梦似幻的湖面,他有点儿神志不清,可他知道这不是在做梦。

　　游艇到了萨摩西岛的简易码头,钟伟华首先下船,热情地接一个又一个要下船的文友。他握着美琪的手,接她下船,她感激地对他微笑,说了一句:"谢谢老师!"钟伟华感到一种特别的温情,这种感觉曾经拥有,那是多年前的事。可寻觅多年都没有结果,想不到竟在多巴湖畔重现了。

　　此时他的视线从湖面转到楼下的游泳池,游泳池旁是餐厅,餐厅旁是小型舞台,此时静悄悄的。昨夜的"湖光山色营火会"就在这里举行,团友在享受了富有东南亚特色自助晚餐的同时，还欣赏了由马达族青年组成的酒店乐队的精彩表演，他们唱出了"sengko""alusia""singsingso""lisoi"……一首又一首印度尼西亚民歌。文友们在热情的印度尼西亚歌声中排着队，一个搭着一个的肩膀跳起集体舞。美琪就在钟伟华前面，他感到了一种久违的悸动。他感谢造物主，在他枯萎多年的心灵上洒下了神奇的甘露。

昨夜的欢乐气氛。随着晚会的结束，歌声笑声也随着停止，在钟伟华的心里，歌声笑声却没有停下来，余波仍在荡漾，直到凌晨，还泛着涟漪……

琪琪，另一时空的琪琪，清秀美丽，喜爱中华书法。犹如太平洋上一朵美丽的浪花。当这浪花与钟伟华这块太平洋中的礁石相拥，绽放出了一道道美丽的彩虹。他们在赤道的海洋中，编织了美丽的青春梦。

暴风骤雨突然横扫美丽的太平洋，突如其来的狂风巨浪把琪琪这朵脆弱的小浪花卷走了。琪琪被吞噬，消失得无影无踪，留给钟伟华的只是永恒的痛苦回忆……

此时的多巴湖上，晨光微露。

背后又是一阵"哒！哒！哒哒……"壁虎的叫声。

钟伟华转过身，一头银发，已过花甲之年的他，面露微笑。

在浪漫的多巴湖畔，在一个不眠的夜晚，他做了一个美丽的梦，一个如诗如画的美梦。

　　他见到美琪，极似他失去的琪琪，同样热爱中华书法。这一切似梦非梦，似琪琪非琪琪。他清醒地知道那不是梦，他也知道这一切只是自己牵强的遐想。可他却沉醉在这遐想之中，他希望时光停留，停留在多巴湖畔凌晨的酒店花园，停留在那美丽的一刻……

又到颁奖时

李煜，身材魁梧，热爱中华文学。古稀之年的他，由于很注意营养均衡，坚持锻炼，脸和手上都没有老人斑，看起来只有六十多岁。

半个世纪以来，他的笔耕从不间断，用优美的中文写出华人在岛国的创业和爱情故事。世上这样的作家并不少，可在禁止华文教育、华文报刊发行近半个世纪的岛国，其艰难程度可想而知了。

二十世纪末，岛国中文教育解禁，这是一件让人欢欣鼓舞的大喜事，漫长的冬季终于过去。一群坚持中文创作的作者成立了一个华文作家协会，聚会时谈笑风生，大有"春风又绿江南岸"之感。环视诸君，大多是二十世纪三四十年代出生的耆老之辈。

既然有作协，就要设文学奖，李煜是最有希望得到首届文学奖的作家。

又到文学奖颁奖时，李煜正在书房拟一份报告。此时作协秘书照惯例来找李煜，非常尊敬地说："李煜老师，理事会所有理事一致同意今年的文学奖颁给您。"

李煜微笑着说："还有三个月，到时会不会有变化？"

"一定不会，从创作的数量、社会地位，首届文学奖非您莫属。第一年原本就要颁给您，可昌公年事已高，八十有五，当时征求过您的意见，就先给他了。您当时也在场，他是在病床上领的奖，对他来说都是迟到的荣誉，来得实在太迟了。还好最后还是来了，当时昌公笑容可掬。数月后昌公与世长辞，他最后说的话是：'下一届文学奖一定要颁给李煜，我这个奖是他让给我的。'"李煜听秘书说着，微笑着不回答。

"第二届文学奖不用讨论，也一致同意颁给您。可天有不测风云，突然听到梅姨得了癌症的消息，寿命只剩下半年。她在文学上的成就不如您，可在岛国也是一位有地位的作家。她也知道自己将不久于人世，当宣布第二届文学奖颁给她时，她热泪盈眶。我记得她领奖时，对您连说了三次'谢谢您'。"

李煜仍然微笑不答，看着有点儿激动的秘书。"今年初梅姨离我们而去，所有理事一致同意：第三届文学奖不管发生什么事，都要颁给您。现在离颁奖只有三个月，我今天特别来通知您。"李煜微笑，带着几分狡黠。

"我不同意。第三届文学奖应该颁给你。"李煜突然说话了。

秘书听到此语脸色大变："你们听到什么了？是不是我有……"秘书语无伦次，一个没站稳坐到了沙发上。

"你想到哪儿去了！"李煜和颜悦色地说，"你是我们协会最年轻的作家，而且创作势头极佳。我已写好一份报告给理事会。我已是古稀之人，我们的奖不应只颁给老人，你才是我们的希望……"

秘书苍白的脸色慢慢变红，接着挤出一丝微笑，笑得很勉强。

"李煜老师，您吓我一跳，您……"他嗓音变哑，说不下去了……

秘密

　　粟绣霞，十四岁移民到澳门就开始工作，已有三十年的工龄。她在经济上是独立的，是一位中年职业女性。她今天很意外地收到一封从缅甸寄来的信，是她在缅甸读小学时一位要好的女同学张小芳写来的。她的回忆一下子被带到了十年前回缅甸探亲的日子。

　　"你是粟绣霞？我是小芳，张小芳，我们是一个班的。"张小芳在一次校友集会时一眼就认出了从澳门去的粟绣霞，她俩是好朋友，但已分别二十多年，聚会前也没有联系过。粟绣霞很快回忆起这个儿时的朋友。两人各自谈到丈夫、孩子、家庭，一起去仰光市大金塔，再到市郊的茵雅湖，又去了妙聱鸟水上餐厅。张小芳当导游，粟绣霞埋单，非常理想的搭配。

　　"我住的地方去年发生了火灾，不久前我才把房子建好，准备做点儿小生意。如果你方便先借我十万缅元，我会一生一世记住你的好。"张小芳几乎是在哀求粟绣霞。

"……一个多月的薪水黑市价可以换到十万缅元，我少一个月的收入可以帮到一个小学同学。"粟绣霞在心里想了一下很快就做出了决定，"没问题，我回去就寄给你。"粟绣霞回澳门后汇去了十万缅元，很快便收到了张小芳的来信，信中说："……每晚我睡觉前都念经祈求菩萨保佑你平安健康！财源广进！"粟绣霞因为文化低，要回信一下子不知道写什么，工作又忙，很快就把给张小芳回信的事忘了。一晃几年，再也没有张小芳的音信，想回信又找不到地址。粟绣霞后悔过，为什么轻易借钱给别人？这个秘密在她心中一藏就是十年，没有人知道。

张小芳又来信说："生意没有起色，暂难还钱，也就不好意思写信了，计划过几年还一半。"粟绣霞见到信后直摇头，十年来当地的货币已经多次贬值，现在十万只有原先的五分之一了，再等几年……粟绣霞下了决定，好人做到底，她提起笔开始给少年时的同学回信……

老兵

从高雄返航的"华澳轮"经过二十多个小时的航程，终于徐徐地驶进澳门码头。风不冷，却有点儿大，我和弟弟站在检查大厅的门口，弟弟拿着一张锦清表哥名字的纸牌，我们接从台湾来的表哥。

船刚抛锚，离旅客出境还有一段时间，我从口袋里取出一张表哥的照片。身穿大衣的表哥在美国一个小镇的火车站的留影，清瘦的表哥戴着皮帽，背景是白茫茫的雪地，连一棵小树都没有，孤零零的表哥却很有精神。

表哥没有固定地址，每次都是他从美国写信来，有时带有台北的舅舅寄到美国后，再经表哥从美国转来的信。那是二十世纪八十年代初的事，我们还住在福建闽侯老家。九十年代初，我们移居到澳门。刚到一个新地方，为了生活，我们兄弟忙于工作很难抽时间写信，却意外地收到从美国寄来的信，而且长达十二张信笺是锦清表哥的信。

在这之前我们只知道有一位表哥在美国，可究竟如何表法我们一时也无法详查。内地刚开放，知道失去音信四十余年的舅舅还活在台湾，我们已经非常开心了，还有一个表哥在美国这一点连妈妈都不知道。现在收到表哥的信，才知道他是舅舅的部下，因同乡的辈分比舅舅小，所以成了我们的表哥。这一封信叙述了他参加国共战争，后来撤退去台湾，乘坐的军舰被击沉，而后又被美国的军舰救起，就来到了台湾……

　　那一天我加班到晚上十点，好不容易把这封信读完，对表哥有了初步的了解。他在战争年代的经历以及到台湾后的一切与我们的生活完全不同，读他的信让我有一种读小说的感觉，表哥就像小说中的人物。那一晚我虽然工作很累，却一直翻来覆去难以入睡。

　　我们兄弟在码头水警门口（当时澳门还没设海关）等小说人物般的表哥出现，并努力注视着每一位出境的单身男旅客，希望能见到与相片上略相似的面孔。突然，一句标准的普通话（国语）在我们旁边响起："谢谢两位表弟到码头来接我。"

　　一位戴着旅行帽、身穿运动装的老人站在我们面前。我终于从他的脸上寻觅出了与相片的共同点。

　　"是锦清表哥！如果您寄一张近照，我们会比较容易认。"我伸出右手与这位素未谋面且比我大三十多岁的表哥握手。出租车将我们送到筷子基的家，妹妹已安排好饭菜。我们的话题都是以闽侯乡间的亲友为主，而表哥对山边的那座长年失修的小神庙更感兴趣，他总是有意无意把话题转回到小神庙上。他也叙述他的生活："结婚后育有两男一女，多年来做不到夫唱妇随也罢，没想到最后还夫妻反目，走上法庭……我得负担三个孩子的抚养费，老婆可以不要，孩子是自己的，因此我到美国去打工……过去在战场上出生入死，最终打败仗非我无能。而在家庭上的失败只能怪自己，走到离婚这一步，绝不是一方的错。"

表哥侃侃而谈，兴致勃勃，继续向我们兄妹讲述他坎坷的人生路："我年轻时也在报刊发表过一些散文，后来没继续写下去，可能是生病吧。"

我终于明白他的信能写十几张信笺的功力来源了，以及他那一手漂亮的钢笔字，他更像小说中的人物了。

"那您为何一下子又从美国回到高雄的养老院了？"我终于有机会把话题转回到台湾，我希望他回到台湾有一个圆满的结局，大约是这几年在澳门看多了香港喜剧电视。

"我离开伤心之地台北到了美国洛杉矶工作多年，有些积蓄。美国是一个超自由的国家，自由到人人可以买枪。我搬到芝加哥后，曾被一个黑人抢劫，损失了些钱财。正是因为那次经历，我感到自己老了。如果在过去，我也可以用枪击毙那名劫匪，可我还有三个孩子要靠我抚养，我忍住了。

不久，我又被一个白人抢了，这一次还把我打伤了，我被送进了医院……"

表哥的故事使我们兄妹感到沮丧，我们乡下的亲友对太平洋彼岸充满了各种美好的幻想，殊不知世间坎坷的人生路在美国同样存在。表哥从开始带有神秘、无奈的军旅生活，慢慢进入平凡的打工范围，也拉近了我们之间的距离。他暮年的遭遇更使人感到辛酸。看着饭桌上饱经沧桑的表哥，也道出了一段在"金山"的血泪史。

"两次抢劫还不至于让我破产，真正要命的是我投资黄金买卖。我在美国有一个干女儿Judy，她热衷于这种投资，赚钱快。低价买入，高价抛出，有时一下子能赚上万美元。我不懂，就把钱交给她，一夜之间我的钱全没了……"

我终于明白了他回高雄的真正原因。我转了个话题："你的三个孩子应该长大了吧？"

说到孩子，表哥来了精神，他从随身的行李中取出相集。我看到两位与我年纪相仿的表侄，他们已成家。还有一个抱着一个玩具熊笑容可掬的表侄女，表哥说她是单身贵族，台湾最新流行。我也终于明白为什么表哥劳碌一生，最终要住入老兵的养老院。

两天后我们兄弟带锦清表哥去了珠海。到了澳门关闸圆拱门时，表哥看到远处的五星红旗，脚步突然停了下来，神色紧张地对我说："海峰表弟，是不是真的不会有事？"我向他解释这关闸每天都有台湾同胞进出，其中还有不少国民党老兵。他乘坐的"华澳轮"都对老兵有特别优惠。在我的数次保证下，锦清表哥才开始挪动双脚，走入珠澳之间的三不管地带。多年的国共战争，数十年的政治敌对，使表哥一下子还无法接受开始融冰的和解。表哥疑信参半，在胸中还存有一团阴影的心情下进入了珠海拱北。这不能不说是中华民族的悲哀。

我通过朋友的介绍，叫表哥带上几件电器发票，说是回乡下送亲友。表哥害怕因此节外生枝，触犯法律。我再次保证没事。表哥心情非常忐忑地跟着我进入拱北海关，此时的表哥任由我摆布。当我们终于办完海关所有的手续，到了拱北广场，表哥才松了口气。我把已获批准免税的电器单交给商人转卖，获得数千港元，交给了表哥。

"钱这么好赚啊！大约是统战新招！我在养老院预支了三个月的养老金，'华澳轮'对老兵的船票又特别照顾，加上你这笔钱，应该够我修葺山边的小神庙……"

这就是我表哥，一个国民党老兵的故事。他那段战争年代带有几分传奇、几分神秘色彩的经历，曾使我感到好奇、吃惊，有如小说中的情节。表哥，一个老兵！一个现实生活的老兵，绝对不是小说中虚构的人物。见到表哥后，他的神秘已被平凡所取代。从表哥的返乡我看到一个新时代的来临，也彻底改变了我对老兵表哥原来的看法。

龚伯

当左手拿起电话筒数秒后，右手将一枚辅币投入投币孔中，龚伯没有马上去按号码，瘦削的脸上一时间呆了。左手的话筒挂回原位，"当"的一声，辅币退了出来。他迅速用右手去接辅币，一阵欣喜涌上心头，他接到了三枚辅币。"多谢！"他谢过留下辅币的人后，很快将多出的两枚辅币收入囊中。

龚伯中年才开始育有三子一女，因经济条件差，没有给孩子合适的教育，一直以来感到心中有愧。而孩子也都出来工作，却从没有主动给过父亲钱。不知道是不是因为他们收入有限，龚伯也不去过问，反正自己有工作，虽然收入不高，但两餐还不愁。自从老伴去世之后，龚伯一时心烦，上班时多喝了几杯，连管理大厦的工作也丢掉了。龚伯失业了，而社会保障基金要到年满六十五岁才能拿到。其实他已超过六十五岁，可当年为了方便找工作，给自己少报了几岁。年轻找工作会容易些，可现在自食苦果。

一年多来，他手中微薄的存款已快用完了，他也想过捡纸皮或可乐罐换些钱，可这种事现在竞争也很激烈，而且都分有各自的地盘。龚伯有时想，如果四个孩子每月各给自己几百元，自己应该可以活下去。可他没开口，他们也没有任何表示。

电话亭是龚伯现在唯一的收入。每次见到用卡的电话亭龚伯都特别沮丧，那表示他没有机会。最使他兴奋的是，有一次在医院的电话亭中，他得到了八枚辅币。可这种机会只有一次，更多的时候是没有人余下辅币。

龚伯劳苦一生，养大四个孩子，却没有一个孩子赡养父亲，他生活得十分艰难。

他有目标地走向另一个电话亭，右手拿着一枚准备投的辅币，他不知等待他的是否是惊喜。

高佬福

我提着两袋十公斤的米往一座屋村走去，在管理处大堂刚好遇到高佬福。

"这两袋是给你的。"我将米放在地上，喘了口气，"你是我们的会员，会领导知道你有困难，各自捐出一百元，这里共有八百元，买了两袋米之后，还剩下七百多元。你在上面签个字。"我取出本社团的一份数据文件。

高佬福见到我时，已是一脸笑容。高佬福非常开心，接过我的笔，在上面签了名。我给了他一份复本。"你知道一下是谁捐的，但千万不要拿去赌。"我大声说了一句，"会领导会安排送你去养老院。"

"哪里还敢去赌？！"高佬福非常迅速地接过钱，然后告诉在场的四个人，"是我们会给的，不是政府派米。"然后提着两袋米进了电梯。

我完成了一件事，也可以说为他解了燃眉之急。因为高佬福目前贫困交加，又没有亲人，两袋米加上钱足够他生活一个月了。听说他过去豪赌，曾在赌场一次赢了三万多元，不可一世，但那都是过去的事了。

下午，我拿着一本《纪念特刊》去送给某社团，听到麻将声和吵闹声。推开门，我看见屋子烟雾缭绕，还传来不断的"三字经"。我说明来意，有人过来，接过我的特刊。我随意扫了一眼场内的赌客准备离开时，一个白头吸引了我，再看一下，原来是高佬福！我走进室内，走到了高佬福身边，一股无名之火一下子冒起，真想举起手一掌劈下……

高佬福非常友好地看了我一眼说："有时间请你喝茶。"又忙着去赌他的牌。

"多赢一把。"我说完后就马上离开了，二手烟熏得人喘不过气。这死不悔改的高佬福原来是这里的长期赌客！

有会员说高佬福两天没饭吃，向会所办公室反映。会领导做出援助独居会员的决定，我开始怀疑昨天所做的那件事是否正确了。

送礼

琴姨提着两大袋礼品往女儿读书的学校走去。

女儿小倩读书一直是琴姨最头疼的事情。暑假时，她特别请了两位临时辅导老师给小倩恶补，才勉强补考上中一。一年来，小倩的成绩一直没有进步，期末考试有两门主科都不及格。

"我完全不明白你是怎么教孩子的，连一个孩子都教不好。"从台北的长途电话中传来了丈夫责怪的声音。

琴姨已有一年没有见到这个上海丈夫了。偶尔的电话沟通维持着这个即将破裂的家庭。女性特有的敏感告诉琴姨等待她的将会是什么。她拿着话筒欲哭无泪。

"为什么不说话？这是长途电话！你要想想办法。"丈夫的声音提高了一些。

"除了留级，别无选择。我有什么办法？"琴姨直接说。丈夫没有说话。

"有没有时间回来一趟？"琴姨说出口之后，马上感到自己说了一句废话。

"回来一趟？打工的钱还不够买机票！你想想办法，先让小倩升级，再加强辅导，先去给校长送礼！"

琴姨坐在校长室内，年轻的校长知道琴姨的来意之后，先跟琴姨谈了孩子的学习。他告诉琴姨，勉强让孩子升级不但帮不了孩子，反而会害了她。之后，又指着两袋礼品说："全部拿回去！这样做不是在帮孩子，而是在害她，以后永远不要再做这样的小动作！"琴姨感到校长努力控制着愤怒的情绪。

琴姨灰溜溜地提着两袋礼品走出学校，她想，如果和丈夫在这里一起教孩子，应该会好一些。她在寻找答案。

丈夫离开澳门去了台湾，并非是在澳门失业，也不是因为经济问题。想到这儿，她的眼泪涌了出来。

买葡萄干

"买两斤葡萄干。"他非常友好地用普通话对头戴白色小圆帽的新疆小贩说。

两名年纪三十左右的小贩同时望着他，其中一个小贩用他听不懂的新疆话对同伴说，另一个小贩就往称盘上装葡萄干。他看着装得满满的一大盘，以为小贩听错了，又再说是买两斤。新疆小贩似懂非懂。

小贩称好后，告诉他是三斤。他不在乎，叫小贩装好。在旁边指点的小贩以为自己聪明，正在自鸣得意之时，他掏出三十元钱给新疆小贩，小贩接过钱之后，把钞票举起查看是否是伪钞，样子很滑稽。

"你们千里迢迢到此谋生不易，你多称了我也照买下。"他说完就拿着葡萄干走了，却听到新疆小贩说："谢谢，老细！"原来他还会说两句广东话，他在心里说。他出了拱北海关回到澳门，在家里看到从珠海二中回来的儿子。已是上高三的儿子见到他的袋子，笑着说："老豆（老爸），买这么多葡萄干开宴会吗？"

"小贩向我倾销。"他笑着说。年近知命之年的他，工作如意，家庭幸福，很少与人计较。反正葡萄干可以慢慢享用。

"超市里葡萄干多的是，从美国进口的不是更好？何必从那边买回来。"儿子不解。

他跟儿子说了几句话。儿子开始吃葡萄干，他非常了解儿子，因为儿子只要点一下就会明白。

儿子吃了晚饭又回珠海去了。儿子到了拱北市场，见到新疆葡萄干小贩，是另外三个。儿子也向他们买了一斤葡萄干，准备带回学校给同学吃。儿子边买边想着父亲刚才的话："与其买外国的，不如帮衬自己兄弟民族。这也是支持开发，建设大西北的一部分。"

胡可的无奈

　　望远镜将街道上的商店、行人拉近到胡可的眼前，这是他生活中唯一的乐趣。澳门北区稠密的楼房中，有胡可的一个安身之处。他大半年时间就是待在这个卧室兼工厂的斗室之中，一部一平方米大的拉链加工机器是他唯一的生财工具。胡可对那位送机器的老板感激万分，是他让胡可这样的非正式居民有机会生存下去。胡可以为省吃俭用，一年或两年之后，就可以离开这里回到家乡，可现在他遇到麻烦了。

　　机器的老板安排他加工，给的工钱只有正式工人的四成。胡可后来才知道这事。

　　第一个月，他拿到薪水，还激动了一阵，交了房租之后，还有点儿剩余。之后发薪的时间越拖越长，说是亚洲金融危机。可胡可从旁人口中得知机器的老板换新楼、买车，胡可还见过他上澳门电视台节目，虽然只有短短的几秒，可胡可绝对不会认错。足足有八个月没有拿到薪水的胡可没有投诉的地方，只盼着老板能体谅他的困境。而对送来加工的货，他也都尽快完成。

手中的钱已不足百元，再省也很难熬下去了。胡可希望老板能一次性付清拖欠的八个月薪金，他想马上结束这种非人的生活。可信寄出五天了，仍没有任何回音。

他下楼了。澳门北区的夜色，华灯初上，他警惕地四处张望，认为安全才快步走向一家包饼店。两元三个面包吸引着他，他长期吃这种廉价面包，平时都是由他人代买，每次还要给几元茶钱。他今天冒险下来，也是为了省钱。他拿着面包正要走，突然有人要胡可展示证件。胡可一时呆了，是警察查证……

他被带上警车。胡可知道自己要结束在澳门的生活了，他唯一希望的就是能得到那八个月的薪水，可那个希望非常渺茫。他从警车上的小窗看着这个不属于他的城市，百感交集……

文友敬鲁

　　我照着通信地址在 B 国 R 市郊外的一间木屋里找到了分别近半个世纪的文友敬鲁。他招呼我坐下之后，为了招待我，特别出去到附近茶店买奶茶和点心。

　　我独自坐在敬鲁家简朴客厅的旧藤椅上。客厅里最显眼的是一个藏书柜子，这是客厅唯一有价值的装饰品，里面有不少中文书籍。

　　我和敬鲁在半个世纪前是 R 市某华侨学校文学社的主要成员，我们一起往中文报刊投稿，当时有数份报纸有文学副刊。当时学校也出版过多本文学刊物，我们还一起组织过文学社的成员到南部海滨 M 市旅游。敬鲁是鲁迅的崇拜者，故笔名取为"敬鲁"。

　　二十世纪六十年代中期，B 国政府禁止出版任何华文报刊，也关闭了所有的华文学校。B 国华文文学短暂的春天过去了，华文文学创作进入了漫长的冬天。这个冬天已长达半个世纪之久，而且看不到春天的来临。在禁止华文教育后不久，我回到了祖国，在华侨农场定居十多年，之后又来到澳门。

这个区的电话极少，敬鲁家里当然没有电话。二十一世纪初有一部住宅电话在此时此地还是一件奢侈品，也是一种身份的象征。手机、传真机、计算机、上网这些在 B 国还没有普及，对敬鲁来说更是遥不可及的奢侈品。这郊区及客厅给我的感觉是，时光在半个世纪前的某一刻停止了，对敬鲁也可以这么说。可身体的新陈代谢却没有放缓，原来二十出头充满理想的青年敬鲁现在已是一位古稀老者。

我激动的心一下子不能平静，敬鲁已经买奶茶回来了。他见到我非常高兴，我喝着他端来的奶茶，还是五十年不变。对我这个血糖偏高的老人来说是不适合的，可我还是喝了。

我取出几本书，有《香港文学》，该刊的主编是我的朋友。他要出一期世界华文"微型小说"专辑，东南亚多个国家的作品都有。B 国历来是一个空白，很希望这一期有 B 国的华文作品。我推荐了敬鲁的一篇作品，在这一期发表了。

敬鲁接过书，如孩童见到喜爱的物品般将书抱在胸前。看着离别近半个世纪的他，对文学的热爱、执着程度不减当年，我不禁在内心感叹：我们都生错了地方。

"我很少看到新的文学作品，有作品在香港发表，对我来说还是头一次。"敬鲁笑得很甜,拿着《香港文学》翻来覆去地看。

我取出《香港文学》的稿费,三十美元,递给他。敬鲁惊讶地睁大眼睛,说出一句:"文章还是有价的?只是没遇到伯乐,这是我一生最大笔的稿费,是在我七十岁以后。"说完之后脸上浮现出一种复杂的表情。

敬鲁原先住在市区,因为城市建设被安排到现在居住的新开发区。从这里坐公共汽车到市区要两个小时。敬鲁的两个女儿出嫁了,老伴又去世多年,一个人孤独地生活在市郊的他以读书为乐。两个女儿没有负责他的生活费,他现在唯一的收入是帮十多名华人子弟补习中文。敬鲁曾翻译过多本中文武侠小说给 B 国的读者,只是稿费很少。文化是人类共同的财产,是没有国界的,敬鲁是一位中华文化的传播者。

"我收到你的信,就写了几篇小说。"他取一沓儿手稿。"什么声音?"敬鲁望着我。

我取出手机,是太太给我打来的电话。

听完电话我对敬鲁说:"一个好消息,你的小说《一把太阳伞》昨天在《澳门日报》发表了。"

敬鲁笑了,眼角流下了泪水。

秦老师

猴年的秋天，第三届全世界缅华同侨大会在羊城召开。前两届我都参加了，这一次当然不能缺席。听说秦老师伉俪也从太平洋彼岸过来了，我希望见到他们。

秦老师与我没有师生关系，只是曾在高原的华侨农场一起生活过十多年，因为他在缅甸时是某中学的体育老师，曾代表缅甸国家队打过几场球。到农场后有认识的归侨延续过去的称呼叫他秦老师，结果他就成了大家的秦老师。

秦老师的太太是他的学生，据说是当时的校花。那个年代，谈恋爱少不了看电影，他们常常去看夜场电影。回学校时，有不少调皮的男同学爬到高大的合欢树上或躲在大红花树丛后，向他们扔小石头。这些故事是秦太太和在农场的一个男同学闲聊时说出来的，大家大笑之后问这名同学有没有参与丢小石头，他以微笑默认。

有人问：他们被小石头抛中之后有何反应？回答是：加

快脚步离开！又是一阵大笑。

后来秦先生一家移民到太平洋彼岸，我到了澳门，彼此就失去了音信。

一千多位来自世界各地的缅华同侨在羊城开会，要见其中之一的秦老师可真难！何况分别已有四分之一个世纪了，就是迎面也未必相识啊。在参观陈家祠旅游景点时，我却意外地见到秦老师伉俪。

"你长大了，当时回到华侨农场时你只有十几岁。"秦太太在我介绍自己一阵之后终于弄清楚了我是谁。

"不是长大，是老了，我孩子都大学毕业了。"

在陈家祠内我来不及细看这座古色古香的建筑物，秦太问了我还在高原华侨农场的熟人朋友的近况。我告诉他们朋友们有的移民，有的体弱多病，有的已经去世了，毕竟一晃已是四十年过去了。

秦太太突然问我有没有信教？我摇摇头，她取出几本小册子递给我，出于礼貌我伸手接着。

"我们能见面是主的意愿，要感谢主。"我脸上微笑，心里却哭笑不得。

在我面前的是一对风烛残年的伴侣，当年的国家队球员、校花，在农场开会时经常读报，讲时事，现在改讲更古老的故事了。多年前听说秦老师的儿子在美国惹上了官司，他们到教堂应该得到精神上的另一种解脱。

恋念塔

　　我离开了山顶的有求必应大庙，冒着蒙蒙细雨下山。实皆山是缅甸中部的佛教名山，有数万人在此山出家。山脚下，气势磅礴的伊洛瓦底江像一条白色的巨带，蜿蜒曲折地流往远方。此时天上的乌云在加厚，天色渐渐昏暗，我加快了脚步，一种大雨前特别的响声从天上发出，直撞我的耳膜。在热带缅甸生活多年的经验促使我拔腿就跑，朝前方的一座小庙飞奔而去，前脚刚冲进庙门，后腿已被淋湿。整座实皆山正在接受大雨的洗礼。

　　一尊女神，在长明灯下，神坛前供有数盆鲜花、万年青、水果等。庙内四周的彩灯忽明忽暗，我被一种神秘的气氛笼罩着。进庙拜神，拜得神多有愿神庇护的心理，我很自然地向庙祝买了鲜花供品，跪下向女神膜拜。

　　庙外下着倾盆大雨，献身于佛教事业的六十多岁老庙祝招呼我坐下。他知道雨不停我是走不出庙的，就取出恋念塔的相关照片及缅甸古文书写的文字手抄本。庙祝还给我讲了一个故事："在一个风雨交加的夜晚，这位皇族中最美丽的少女投入了伊洛瓦底江的滚滚波涛之中。变心的皇子这才知道自己铸成了大错，发疯似的沿江去寻找。数月之后，他失望地回到皇宫，他受到了良心的谴责。为了在精神上寻找另一种安慰，他离开了皇宫，来到这里，建了庙，还有一座塔。请看这尊女神。"庙祝指了指我刚才膜拜的女神，"这是皇子当年塑造的，皇子在此终生出家，天天上香……"

雨声代替了庙祝的叙述，那雨水似乎是千百年来失意人汇集的泪水。我注视着烛光中的女神，她的眼神中似乎流露出惆怅与无可奈何的微笑。我惊住了！我怎么有这种感觉？

恋念塔是内疚、忏悔与心灵升华的产物，是失败者给后人留下的永恒教材！只有智者才懂得珍惜和拥有。我以截然不同的心情再向庙祝购买了供品，再次向女神膜拜。我默默祈祷：要写出在实皆山的这段奇遇，送给有缘知道而又没有机会上恋念塔的读者。

混血儿阿林

"贡山住着一个外国人，他的名字叫阿林……"

歌声在吉他的伴奏下，从寨子外的篝火边，飘向寂静的田野。唱歌的是一群上山下乡的青年，歌词中的阿林是他们中的一员，一名中缅混血儿。他回国读书，在华侨补校上初一时遇上了"文化大革命"运动，书没读成，就下乡到农村战天斗地去了。他听到高班的同学将港台流行歌曲改成唱他的歌曲，也跟着笑，他明白大家是在苦中作乐。

阿林没有完成父亲要他学好中文的愿望，在国内待了多年，能讲一口流利的普通话，也能看懂通俗的小说及写书信。下乡的同学有的通过走后门调回城市，有的与领导关系好上了大学，而阿林选择从中缅边境回到他母亲的祖国——缅甸，并在首都仰光住下来，在哥哥的杂货店工作，帮助送货。哥哥不懂中文，在他生意上来往的商人中有些华商，阿林见到他们时，也只是以缅语交谈。

有一次阿林送货到一家华人商店，刚好这华人的亲戚从马来西亚过来玩，他们之间在用普通话交谈。阿林将货品卸下之后，听到那名马来西亚客人用普通话对店主说："小心这个缅甸人回去时顺手拿走你的东西。"阿林知道他在说自己，非常气愤，可当时没有作声。临走之前，他走到那名客人面前，大声地用缅语说："谁会拿走你的烂东西！"之后便扬长而去。

　　华人店主将阿林的话翻译给马来西亚客人听，阿林听到他们的对话："……他不是华人，怎么会听得懂我们讲什么……"

　　缅甸在二十世纪六十年代中期就禁止学校教中文，有一些华侨为了子女能懂中文，在一些家族馆、庙宇以佛教之名，办中文补习夜校，可收效很低。懂中文的年轻人很少，阿林到过这类夜校，老师讲的普通话还不如他这半个中国人。

　　在朋友的介绍下，阿林到了市区的缅华图书馆，大厅上挂着郭沫若为图书馆的题词。阿林站在一排排中文书柜前，他已经很久没见过这么多中文书了，他的思绪又飞回到那个求学不成的年代……

　　"那个缅甸人站在那里干什么？"一名女生用域外学会的普通话悄声说。

　　图书馆很静，阿林听到了。

此时只有他一个人站在书柜前，一个恶作剧的念头在他的脑海中形成。他从书柜中取出了两本书，然后走到刚才说话的女工作人员面前，将书放在桌上，然后取出借书证，要求登记。

　　"你看得懂吗？"女工作人员用缅甸话问阿林。

　　另外一名在旁边的少女也用怀疑的目光看着阿林和他借的《水浒传》和《唐诗三百首》。

　　"看不懂谁借。"阿林这一次用标准的普通话回答，"我的中文程度虽然不高，但当你们的老师还绰绰有余。我见过你们在观音庙上夜校。"

　　女工作人员被阿林的普通话吓得目瞪口呆，登记了书的编号，这类书已多年无人问津了，今天却被一名年轻的缅甸人借走了！

　　阿林的父亲在他上山下乡的年代过世，留给他的财产很有限。他看到缅甸出国打工几年后回来的人，有的进口汽车，有的开商店。他将父亲留下的财产兑换成现金，办了出国手续来到澳门。我工作的合同期是三年，他经过同学介绍找到了我，那个在寨子一起种过田的同学。

　　"在这里住下来吧！"我建议。

　　"这里不是我的祖国！"阿林历来视缅甸为祖国。

　　我们一起游览澳门的名胜古迹，回忆上山下乡时的趣事，还见了见过去的几位同学。

"这是我的女朋友！"阿林拿出一张照片给我看，是一个穿缅装的少女在仰光妙声鸟餐厅的留影。阿林告诉我她是一个地地道道的缅甸人。

　　"我以后会让孩子学习中文……"谈到结婚、未来和孩子时阿林总是眉飞色舞。

　　后来阿林回到仰光，从他的来信中我知道他用在澳门打工的积蓄开了一家杂货店。信的末尾有这样一句话："……恋人已结婚，新郎不是我……"

乐极生悲

缅甸首都仰光市的一条大街上的椰子树下,一名中年男子在给路过的行人分送包装讲究的印度饭包,里面有咖喱鸡和用香料煮成的饭。他口中不停地重复着一句话:"与大家分享!"行人知道他是这一期私彩中奖的幸运儿之一。

他在仰光市出生、长大,有自己的房子,有一间出售汽车零件的商店,有代步的汽车,有妻子、儿女以及年迈的母亲,有一个幸福的小康之家。他多年来热衷于推算下一期可能会出的私彩号码,而且乐此不疲。

泰国赌私彩的风吹遍了伊洛瓦底江,在首都仰光市更甚。人们偶尔见到一组号码,孩子随口念出的数字,夜里的梦呓,各种奇人异士古老的、先进的推算,甚至精神不正常的人说的话等,都成了人们投注的依据。

只是三个阿拉伯数字,中奖的机会是千分之一。每个月开两次彩,半个月就出现一批幸运儿。人们也就每两个星期疯狂一次，这成了全国一个特别的周期。所有的赌庄都是在民间自行创立的，也是非法的。人们半公开地互相交易，投注地点分布全国，人们的财富由赌庄集中之后再分配，不停地有幸运儿出现，但更多的是失望！有的赌庄在开奖前全体员工集体逃亡，席卷投注款项销声匿迹，因此引发出的悲剧又成了人们茶余饭后的新话题。

所有的印度饭包很快被分完了，他走向万事得私家车，然后开车去投注站。见到等着他的两麻袋钞票，各种面额的都有，典型的第三世界民间交易。他开始点钞票，手有点儿抖。他只点大数，每摞一万元，共七十摞。他根本没时间点小数，这两麻袋的钞票已是他的财产，他激动地看着投注站内十几双羡慕的眼神，从麻袋中拿出一摞钞票，抽出一沓儿，分送给所有的人喝茶。在一连串的道谢声中，他提着钞票上了车。

车开得不快，车上只有他一个人。他仍然很激动，并试着用深呼吸的方式来让自己平静下来。明天要给孩子买一大堆玩具，给妻子买黄金首饰，给妈妈买……

到家了，他停下车后发现，有好多人从他家拥出。"怎么有这样多人在我家？"他的第一个反应是，"人们知道我中奖了……"想到这儿，他又哭了。

可他见到满脸泪水的妻子跑到她面前，说道："妈妈知道你中了大奖，高兴过度，去世了……"

空

　　我在泰国边境达府 M 市的一家经纪交易所，意外地碰到了老同学江尚平。那瘦削的脸以及手、脚等被蚊子叮得累累伤痕使我很吃惊。

　　"记得五年前，在仰光市你陪我去算命吗？"江尚平喝了一口奶啡之后，慢慢向我诉说，"东面有你的财源，你在短期内会得到一大笔钱，这要看你会不会掌握时机，人有得必有失……你还会坐飞机……"江尚平重复着算命先生的话，接着说，"当时我只当算命的在信口开河，缅甸坐飞机的人少之又少。离开仰光之后，我就到泰国边境做布匹生意，倒也顺利。此时，有朋友给我介绍了一位女老师。"

　　谈到爱情，江尚平脸上浮现出一层特殊的光芒。我饶有兴趣地听他回忆着往事。

　　"她是泰国人，有工作，有房子，但身材一般。"

　　"这已经够了，你跟她结婚了吧？"我感到奇怪，因为老同学的身材也只是一般而已。

"本来是一个很理想的终身伴侣，我没有下定决心娶她的原因是她的鼻子上有一个较大的疤痕。"

"严重影响美观吗？"我看到江尚平男性择偶的首选条件在作祟。

"那倒不是，疤痕没有影响美观。如果没有这个疤痕……"江尚平脸上泛起一丝惋惜的表情。

"疤，也就是扒，抓住，用手紧紧扣住。扒进不扒出，有扒家之意，是一个旺家的兆头。"我双手做了一个扒进来的动作，一本正经地说。其实没有什么根据，我只是在玩文字游戏，信口开河。

"如果当初你在场，我听到你现在说的话，我就会跟她结婚了，也就不会走另一条路了。"江尚平长长地叹了一口气，继续说道，"我没有答应婚事就起程去做生意，结果我失败了。"我看得出他在后悔，我无意中看到他手臂上被蚊子叮得累累疤痕。"我被治安警察带到曼谷，心里很慌乱，我认定自己没有触犯泰国的法律。没想到缅甸政府引渡我回仰光，在被押解回仰光的飞机上，我突然想到那算命佬说我要坐飞机的那句话。"

"那你到底为什么被捕？"我估计这小子一定不是因为做生意。

"不瞒你说，因为伪钞！这世上发达的人有不少是从犯法生意开始的。赚到钱再改行，有时再做一点儿公益。我只是没有开好头。"江尚平并没有真正后悔自己走错了路，只是认为时运不济。他一口气将奶啡喝完，顺手又冲了杯清茶。

"真是有得必有失！做人何必一定要发达？知足常乐！"我感到老同学失去了太多。

"我在缅甸的狱中待了五年，可以说是吃尽了苦头。有不少人在狱中死去，全世界的监狱都是黑暗的地方！在狱中的岁月里我后悔过上千次，我多年的积蓄全用完了，到头来还是一场空，上个月刚出狱。何去何从？我不想再待在缅甸，只有回到泰国的边境小城。不是说在哪里跌倒就在哪里爬起来吗？我在狱中学会一样东西，把你的左手伸出来。"

学会分析掌纹！得不偿失！

末代书法世家

　　一个明净的客厅里挂着十多副书法作品，有"黑发不知勤学早，白头方悔读书迟"，还有几首唐诗、几幅梅花图等。从字体上可以看出是出自一个人的手笔，也可以看出屋主狄文鼎的爱好，这正是他的作品。已过花甲之年的他，此时正坐在沙发椅上跟儿子狄泽才谈话。

　　"你祖父是民国时期的一位小学教师，也是当地著名的书法家。你曾祖父是清末的一位秀才，他的书法在当时很有名气，这些事你都知道。我们移民到这里，生活再苦，我都没有放弃我们的传家宝，继续学习书法。而你历来抗拒，现在更是完全放弃。你今天第一次带女朋友回家吃饭，我要跟你认真地谈一下。"狄文鼎今天看着高大英俊的儿子，不像往日那么开心。有文化且一表人才的儿子，怎么会爱上一个比他大四岁的泰籍女子？

　　此时狄太太与一名年轻女子从厨房走到客厅，这女子就是狄泽才的女朋友玛丽亚。她个子不高，从狄文鼎前走过时微低下头，这是泰式的礼节。她们在另外两张沙发上坐下，玛丽亚看着神情严肃的狄文鼎，又看看男朋友狄泽才，默不作声。

"老爸！我从小就听您说我祖父、曾祖父的威水史，我也知道你很喜爱书法。"狄泽才用普通话说，"祖父教书，爱书法是很自然的事，你爱书法是受祖父的影响。而我现在投入博彩业，是赌场的一名荷官①，玛丽亚也是荷官。我现在是靠博彩、靠赌博生活，我写什么书法？写'小赌怡情、大赌乱性'、'十赌九骗'、'久赌必输'，还是写'官至极品何所乐，书达妙境品自高'或唐诗？"泽才指了一下墙上的字画，说，"赌场的荷官不是官，小学没毕业与大学毕业没有差别。"

玛丽亚见狄泽才指了一下字画，也跟着看了一下，一脸迷茫，她不懂普通话。

狄文鼎稍闭上眼，然后叹了一口气说："这是现实，我狄家的书法难道后继无人了？你选择一个外国女子，她连中文都不会，指望她教孩子书法，难！"

---

① 荷官：指在赌场工作的发牌员。

"泽才，我们没逼你回家乡娶妻，这里也有很多中国人，要认识中国女子不是难事。我跟她无法用言语沟通，除非我学会泰语或她学会中文。我这辈子是学不会泰语的，等她学会中文估计我早死了。"母亲也加入谈话。

"她会讲一点儿英语，也会一点儿广东话。她也在努力学，以后有时间、有机会，我也可以教她写中文。"狄泽才在为异国女友辩护，也在安慰父母，"至于她大我几岁，这不应该是一个你们反对我们相爱的理由，爱可以跨越国界、年龄、种族的世俗限制，八十岁的男人与二十几岁的女子结婚可以成为美谈。三十岁的男子与七十岁的老妇再婚都能娱乐一下社会大众。我是荷官，她也是荷官，我们相爱，不会成为美谈，也不会娱乐大众。我要赚钱，只有全力投入赌场工作。我们一家在旅游时见过旅游点出售书法作品，写得都不差，三十元一副都没人买。我学书法，二十年后都未必成手，更不用说作品会有人买了。"

"真是鼠目寸光。"父亲轻轻地说了一句，软弱无力。

"泽才，这是我们书法世家的后代应该说的话吗？！"母亲的语气中带有责备。

狄泽才的脸色变得更难看了，他了解父母对中国书法的情结，本来就没指望父母会一见面就接受女友玛丽亚，现在跟书法连起来就更糟了。

"你们骂我没出息也好，骂我鼠目寸光也好，无所谓。

要当官不易，要有学问、有能力，懂得欺上压下，还要上台讲假话不脸红……我做不到。而当荷官要容易多了，即使以赌为生，也是光明正大。"狄泽才侃侃而谈。

"一派胡言！"狄文鼎突然站起来，狄太太也跟着站了起来，玛丽亚的目光在三个人的脸上转来转去，不知道发生了什么。她有点惊慌，觉得气氛不太对。她能猜到男友与父母意见不合，但又插不上嘴。

"老爸老妈不要激动，坐下坐下！"狄文鼎夫妇听到儿子的话后都坐回到沙发上。狄泽才也比刚才冷静多了，在回家前他已经想到今天与父母见面可能会发生冲突，果然不出他所料。他已准备好用最后一招，要不很难改变自己的劣势。"我们四个人都在工作，我和玛丽亚在赌场当荷官，妈妈您不也是在赌场当侍应，爸爸您是赌场的保安，我们都是靠赌场为生的。我们现在很风光，还可以到邻近地区买别墅。如果不是在赌场工作，靠书法能买别墅吗？只有被饿死的份儿。"

狄文鼎哑口无言，他以书法维持对生活的信念，活在书法的余晖之中。他不喜欢赌博，可他却在赌场工作。狄太太也呆了，她受中国文化的熏陶，婚后受丈夫喜欢书法的影响，也爱屋及乌。她不喜欢赌场，她这年纪在赌场当侍应是因为招不到年轻人。她不喜欢外国女子做媳妇，她知道即使娶中国女子为媳，婆媳也未必能相处得融洽，可现在连相处都成了鸡同鸭讲。

"我们应该感谢生活在这么一个特殊的城市，还要感谢有这么多赌客来捧场，简直可以说是趋之若鹜，其中有不少还是倾家荡产地捧场。要不怎能养活这么大的赌场？"狄泽才口若悬河，"我和玛丽亚一个星期后到泰国度蜜月，也没打算摆酒席请客，结婚是两个人的事，今天特别回家说一声。我要回去了。"

狄文鼎夫妇还没从"靠赌场生活"的伤痛中清醒过来，又被一个更大的意外弄得目瞪口呆，异口同声地说："你要去度蜜月？"

狄泽才口中说"是"的同时，也站了起来，对女友说"Maria，Let's go。"玛丽亚很快站起来，狄文鼎夫妇也身不由己地同时站起来，没有说话。他们一起走到大门口，玛丽亚在进电梯前以泰式的礼仪合拳拜了一下狄文鼎夫妇。

客厅只剩下狄文鼎夫妇，默默无语。狄文鼎看着墙上的"狂躁只因经事少，和平因受遭折多"的作品发呆，说了一句："难道书法要在我这一代画上句号？"之后，他又长叹一声。"我们失去了唯一的儿子。"狄太太也附和一句，流下了伤心的泪水……

康宁逸事

敏看着躺在病床上的父亲，百感交集。已八十三岁的父亲以慈祥的目光看着爱女，声音沙哑地问了一句："你的庆祝活动结束了吗？"

敏点点头，泪水夺眶而出，她迅速用纸巾擦了擦泪水。五十岁的敏是一位职业女性，在某社团任妇女委员会主任。父亲在二月底转入医院的康宁中心，可敏正在筹备着庆祝妇女节，她是主角。

"人生七十古来稀，我在这世上活到这个年纪已经是赚到了，很多朋友都已经走了。看到你们六兄妹都已成家立业，生活安定，我很开心，我都有几个孙子大学毕业了。我走了之后要多关心妈妈。"父亲刚转入康宁中心时轻松地说出此话，使敏感到吃惊。与癌症搏斗多年的父亲，已开始屈服于死神。面对死神，父亲是如此的坦然，犹如出门旅行一般。

五天前，父亲的病情突然恶化，敏赶到康宁中心，对父亲说："爸！你要帮我，你不能这个时候病倒，我的庆祝活动在大后天，你一定要帮我。"敏也知道这是强人所难，尤其是对病危的父亲来说。

　　"你从小对我提出要求，我都尽量满足，这一次我更要努力，为了我女儿！"父亲用瘦骨嶙峋的手握着爱女的手，慈祥地说。

　　父亲的病情突然好转，几天来话也多了，所有的亲友都感到吃惊，敏更是料想不到。庆祝妇女节的活动终于在昨晚结束，她想马上赶去医院，可已是午夜。整夜没合眼的她，等天亮就到康宁中心去看望父亲。

　　"我走了不要让朋友们破费，最好不要接受帛金，如果送来了，全部捐给我参加的社团。"父亲用沙哑的声音说着。父亲累了，他又合上眼睡着了。敏独自坐在病床旁，看着父亲，父亲像一支燃烧到尽头的蜡烛。

　　喧嚷声将敏从睡梦中惊醒，医生、妈妈、哥姐都进入病房。床上的父亲病情突然恶化，敏泪如雨下，父亲终于走了。康宁中心是与死神较量的最后搏斗场，是进入另一个世界的过渡区。父亲以超强的意志力与死神周旋，拖延时间，在临走前仍然满足了爱女的愿望。

较量

　　她见到女儿敏敏挣扎着离开前夫，脸上挂着泪水，向她跑来。前夫在二十步之遥见到她抱起女儿，没有说一句话，转身就走入电梯。

　　"敏敏！为什么哭？"她问女儿敏敏。

　　"是一个阿姨，她喂我吃饭，我不吃，她就打我的脸。"此时她才见到女儿的脸上有红色掌印。

　　"她竟敢打你？！"她知道女儿说的那个女人是谁。长久以来积压在心底的怒火一下子燃遍全身。两年前她申请前夫的姐姐到小城做劳工，还有姐姐的一个外号叫喜鹊的同伴。此后，前夫经常酒醉，有十几次都对她拳打脚踢。最后他们离婚，四岁的女儿敏敏判给了她。后来她才知道喜鹊与前夫勾搭上了。离婚后她原本带着女儿上天台准备跳楼自杀，可女儿说了一句："妈妈！我们可以从头来过。"她不知道敏敏为什么会说这么一句话，也因为这句话她决定活下去。

不久后，她在一家律师事务所找到了工作，学到一些法律知识，对自己过去被打得遍体鳞伤而一声不吭感到愚蠢到了极点。

　　前夫在她眼中与垃圾无异，但前夫有权见他的女儿，她只能把女儿带来。

　　"走，敏敏！"她牵着女儿走入曾住过多年的大厦。

　　门开了，她牵着女儿走入客厅，这里曾是她们的家。外号叫喜鹊的新女主人见到她们后惊惶失措，不知她有什么事。

　　她进门后二话不说，突然扬起左手，一巴掌重重地打到这女人的右脸上。在喜鹊还没反应过来之际，她的右掌又一巴掌更有力地打到喜鹊的左脸上，喜鹊被打得差点儿跌倒，后退了几步。

　　"你竟敢打我？！"喜鹊大叫。

　　"为什么不敢打？第一巴掌是为我女儿打的，你有什么资格打她？第二巴掌是为我自己打的，我申请你来当劳工，你却勾引上我丈夫。"夺夫之恨！

　　她终于吐了一口怨气，像一个胜利者。

　　前夫从房间冲出来，前夫的姐姐也从另一个房间跑出来，见到她时脸上有一丝歉意，但一闪即逝，没有出声。前夫怒不可遏，举起握着拳头的手想故技重施。

　　"想打我？不要忘了，我跟你这个人渣、垃圾已没任何关系。只要我掉了一根头发，律师事务所的同事都会帮我打官司，会让你吃不了兜着走！"她扬起头，她知道垃圾的斤两。

听到这话的前夫打也不是，放下也不是，一时之间客厅静了下来。

她转身指着前夫对喜鹊说："他是一个打女人的垃圾，而你是一个标准的垃圾袋。"前夫大叫一声："你！"拳头又举高了一点儿。

"敢打吗？想蹲监狱吗？我已经不是两年前那个被你拳打脚踢的沙袋了，你可以试一下。你以后别想再见女儿，我会提出上诉。"

"你给我滚出去！"前夫终于吐出一句。

她以一个胜利者的姿态环视垃圾、垃圾袋、垃圾姐姐，牵着女儿小斑鸠，扬长而去，永远离开了这个曾是她们的家。

又见喷漆

当魏丕忠气喘吁吁地快步回到儿子的住宅时，他见到胆战心惊的红漆大字"欠债还钱"，他听到那个可怕的消息后马上从上海赶回澳门处理这件棘手的事。

已过六十岁的他，也可以说经过风浪，但还是感到眼前的事态严重。他拿出钥匙，打开门的一刹那，他发现稍微值点儿钱的东西，比如 DVD、冰柜、彩电什么的全没了。他举起一张椅子，用力砸到饭桌上，一阵木器断裂声使他突然感到此时此刻自己应该冷静。

他转身走回大门口，顺手把门关上，然后狠狠地坐到被人用刀划开一大条刀痕的黄色沙发上，此时他感到有风吹到身上，原来玻璃窗也被打破了。这全是儿子闯的祸。

大约过了五分钟，魏丕忠突然感到眼前的一切不能全怪儿子一个人，自己或多或少也有些责任，一句老话突然冒出来：养不教，父之过。儿子欠地下钱庄（贵利集团）的钱并非是一朝一夕的事。自己到澳门转眼已有十五个年头，从一个朝九晚六的打工仔慢慢转变到常常光顾赌场，最后到了一发不可收拾的地步。最惨的一次是在两年前，他输得失去理智，他的房子被喷上红漆大字"欠债还钱"。最后他连房子也全部卖掉，还欠下一大笔债，他差不多还了一年才脱身。

命运之神并没有把他逼到绝境，一年前他手气很顺，很短的时间内就赢回了一笔钱，足够他买两个单元有余。他决定金盆洗手，永不踏入赌场。他决定回到上海定居，赢的钱足够他退休后的生活开支。临走之前他反复交代已近三十岁的儿子："澳门是一个好地方，只要努力工作，生活绝对不会有问题。永远不要踏入赌场，记住父亲的教训……"

儿子偶尔也光顾赌场，见到老父亲在赌场捞到一把，心也痒痒的，可看在老父临回上海前的反复嘱咐，他还是答应不去赌。

"铃……"电话铃声打断了魏丕忠的回忆，他拿起电话听道："老嘢！你返来啦，马上还钱，否则准备收尸……"

魏丕忠呆了，他的养老金全泡汤了，从赌场赢回来的钱要全部取出来赎儿子的命：子债父还，世道颠倒！

坐轮椅者

"……要下班才冒出一个要坐轮椅的人，真是倒霉透顶。"阿彪边说边取出一架专为行动不便者使用的精致轮椅。

阿彪在澳门客运码头工作，送行动不便的人上喷气船回港或其他地方是他分内的事。但他希望不要常出现这类旅客，尤其是在临下班前。今天遇上，当黑！他找不到同事代替，在极不愉快的心情下推着轮椅走。终于到了码头天桥的大门口，阿彪四处张望，没有见到残障人士。

有一个红光满面、精神焕发的长者与阿彪四目相对，露出一副早知此轮椅是为他而备的神态，以微笑跟阿彪打招呼。他没有任何拐杖之类的东西，然后迈着健康的步伐毫不客气地坐上了轮椅。

阿彪敢怒而不敢言，一股无名之火在心中燃起，心里说："你生猛过我，叫我推？"当他准备说话时，长者似乎知道他有此一招，举起手中的一枚筹码，一千元。阿彪原本要说的话全咽了回去，但不敢接。公司有规定，禁止员工收五百元以上的红包或奖赏。

"你不要？"老人的话还没说完，阿彪顿时改变主意将筹码接过，并迅速放入袋中。同事中有人看见他收礼，远看不知是多少。

阿彪马上变得非常有礼貌，"您坐好，我马上送您上船。"长者飘飘然。码头上的同事像苍蝇嗅到蜜，一下子围过来七八个，老者又掏出筹码，每人一个，面额是一百元。

长者一下子成了一个焦点人物，一堆人围着他，一路上有说有笑，旁人都以为这是一位非等闲之辈的人物。阿彪等终于把长者送到喷气船前。长者从轮椅上站起，迈开健康的步伐上了船，除阿彪外，所有人都瞪大了眼，有的张开嘴巴好几秒钟。有人说"原来他可以走"，又有人说"一定是在赌场赢了钱"。

长者不回头看这一伙人，迅速走进船舱。

阿彪从此对坐轮椅者有了新的定论。

公私分明

　　庞智超走进工作八年之久的公司大门，一时百感交集。他在这里度过了创业、发展等几个阶段，为了公司的发展，为了保住自己的工作，他可以说是拼尽全力。

　　他希望水涨船高，果然被他盼对了一半，水涨了，而且还涨得好快，遗憾的是，船没有高，公司冻薪已有四年，他的船底也穿孔了。

　　他走进属于他的办公室，然后坐到属于他的办公椅上。最起码今天上午，这里的一切还与他有关。一股莫名其妙的烦恼向他袭来，他首先想到远在澳洲读书的儿子，看来是要跟他说明，该找一份兼职工作了。本以为再过两年，等孩子毕业，一切都可以应付。但突发的变化，使他乱了阵脚。

　　他又想起有骨质增生的太太，带病工作，而现在，压力将会逐渐增加，"人到中年万事忧"，他彻底领会到了这股苦涩。

他本来昨天就要离开公司，岂知经理说还有一事未了。庞智超在两个星期前就开始交代手上的工作了，他希望有好的开始，也有好的结束，更不愿意走后被人指责。即使是在这个大学生、中六学生成千上万难找工作的年代，他仍然交代好工作再走。

他突然打开抽屉，取出一份辞职信，是昨天经理要他写的。他对经理这种公私分明的作风报以一丝苦笑。

他把辞职信交给经理后，结束了与公司的一切关系。经理亲自送他出门。在门口，他转身，跟经理道别。

"二哥！"经理突然的称呼使庞智超转身，"不要忘记明天在万福酒家我为母亲举行的祝寿宴会，你和二嫂一定要来。"

庞智超再次点点头。弟弟不但有公司，更有公私，是公私分明到极点的那一类人。

甄嫂

甄嫂提着一个旅行袋一跛一跛地下楼，她要离开居住了十几年的家。她心里有如打翻了五味瓶，甜酸苦辣咸一起涌上心头。她终于走到街上。她回过头，望了望这座住了十多年的大厦，长长地叹了一口气。她走到莲峰庙，虔诚地合掌拜神，然后朝青洲的方向走去。

岁月的流逝像一把无形的刀在她的脸上雕刻下了明显的皱纹。腿脚有疾的她有机会结婚已经是相当幸运了。生了一个儿子之后，她的生活也有过短暂的快乐时光。可丈夫在一次工伤意外中丧了命，劳工保险及社会的捐助使她和五岁的儿子在黑沙环有了一个栖身之所。近二十年来，她的生活如一潭死水，唯一的安慰就是儿子。如今，她终于把儿子养大，儿子还找到一份银行的工作。

"妈妈！我准备结婚。"儿子的话让她感到欣慰，儿子接着说，"我希望过二人世界。"

甄嫂听后不知所措，本来这个单元也足够儿子结婚用。她对自己的人生已没有任何奢望，只要能与儿子生活在一起，就心满意足了。可是现在儿子要走了，她的心在流泪。

　　"你工作没几年，哪儿有钱买房子？何况我一个老太婆住着也太空了。"甄嫂希望能改变儿子的想法。

　　"我没有打算买房子，我们结婚就住在这里。妈妈你可以到外婆家住，她老人家也希望常见到你。我只要将房子装修一下就可以了。"甄嫂望着一派斯文的儿子，他的眼镜背后是虚弱的目光，有歉意，却不退让。

　　一阵犬吠声把她的回忆打断，是逸园内的狗在叫。一对盲人夫妇正靠着一根竹竿边敲边摸索着前往筷子基的盲人中心。甄嫂一下子感到自己有一双好眼睛以及一双健康的手，她一下子从痛苦中解脱出来，一堆自我安慰的道理也都冒了出来：孩子大了，只要他幸福，自己搬出去又有何不可？做父母的只有奉献，母亲把孩子养大了，房子是丈夫用命换来的，现在给儿子也是天经地义！

　　"青洲养老院"几个字映入甄嫂的眼帘，她心里有一个突如其来的想法：以后不能工作，还可以申请去养老院。

有佛心的人

　　小巴西龟在水中游了一阵，又转头游回岸边，好像有灵性般地望着她。她蹲下来，捞起小龟，放到手掌心上。小龟身上的水顺着她的手掌往下滴。此时她才看清楚，小巴西龟的后腿受伤了，她决定先把小龟带回家治伤，再放回大自然。

　　浴室内的小桶装着两只在马路边捡回来的大蜗牛，旁边有一片菜叶，她看着蜗牛想起昨天的情景，忍不住就笑了起来。

　　"屋企有蜗牛？吓死人咩！"（家里有蜗牛？要吓死人吗！）女儿在浴室冲凉时，见到蜗牛爬墙时用粤语大声惊叫，"妈咪呀！蜗牛都执番来屋企！"（蜗牛都捡回家！）

　　她认为世间一切都有生命，都应有一个生存的空间。已年过半百的她，在力所能及的范围内常做一些解救小动物、小昆虫的事。有时在马路上见到小猫、小狗之类的尸体，她也会想办法用塑料袋装好，放入附近的垃圾桶，以避免过往的汽车将尸体轧得肠肚横流、路面狼藉。有一次，为了收拾好一只小猫的尸体，一辆货柜车经过，司机因为等她收尸体被迫停车，还破口大骂她是神经病。有时也有人说她是有佛心的人，对于这些她都一笑了之。

雨后的孙中山市政公园，绿草如茵，鸟语花香。她穿着一件条纹连衣裙，戴着一顶西式太阳帽，将两只蜗牛放在阴凉湿润的草丛里，她感到任务完成了一半。她的另一只手提着已经痊愈的小巴西龟，走到人工池边，将龟放入荷花盛开的池水中。小龟消失在池水深处，她的脸上露出了微笑，接着她顺手将装小动物的塑料袋塞入了垃圾桶。

公园内的健康步行径林木茂盛，蝉鸣声此起彼落。她走在鸟语花香的人行道上，见到有一条又粗又长的蚯蚓在人行道上艰难地爬行。她捡起一根小树枝，从蚯蚓的中间把它挑起，将它送回湿润的草地。

"这是有佛心的人！"她听到有路人说，可她没有回头。

假钞

"我觉得这张千元港币有问题。"小贩章对隔壁店的师爷胜说，"虽然我用紫外线灯照过，没有问题，但我觉得纸质不对。"他手上的千元港钞略旧，像被水长时间浸泡过，不太自然。

"现在这个世界，什么都有假，大钞更要小心，尤其是我们做小贩的。拿来我看看。"师爷胜三十多岁，一副精明的样子，像专家似的接过港钞。

"那人一下子买了几百元的衣服，现在生意这么淡，我当然不能放过这样的顾客。他戴着眼镜，样子很斯文。"小贩章二十多岁，千元的损失让他很是沮丧。

"有没有拿去用过？"师爷胜问，"拿去银行鉴定一下就知道了。"

"拿去银行一旦发现是假钞，会在假钞上打一个孔，那我就真损失一千元了。我已经去过两家超级市场买东西，都没花出去。"

"拿到赌场去赌一把，赢了是自己的，输了也是假钞。"
师爷胜又建议。

"赌场一旦发现是假钞，虽然不会没收，也不会打孔，
但会立案，不值得。"小贩章早就想过这个办法。

"拿去珠海用，那边比较容易脱手。"师爷胜又出了个馊
主意，并把千元港钞还给小贩章。

"明知是假的，还拿去那边骗人，良心上过不去。"小贩
章接过钞票，又细心地看着，反正没有顾客。

"讲良心？越没良心的越有钱。"师爷胜突发高论。

"死扑街①！是哪个扑街制造假钞？！"小贩章气得破口
大骂，他受到假钞困扰多日，"应该拉去枪毙！"

---

①扑街：原意为扑倒在街上，这里是广东话中一句比较常见的脏话。

安仔的妈妈

自从上三年级后，安仔都由爸爸开着小车接送上下学。爸爸三十几岁，这几年来脸上很少有笑容。从外表看，爸爸经济条件并不差。人类的感情世界太丰富，快乐与否不是看肚子吃得饱不饱。

三年级前，安仔是由妈妈接送他上下学的。安仔最自豪的是妈妈聪明、漂亮。他常常和同学们比谁的妈妈漂亮，结果都是安仔胜。自从三年级后，安仔就不再比了。因为妈妈走了，走之前跟爸爸大吵了几次。爸爸要安仔不能将此事告诉给任何人。

"我很想妈妈。"安仔在一次晚餐时对爸爸说。爸爸没有回答他，只是往他的饭碗中夹了几块肉。其实安仔的爸爸自认为自己是一个好男人，几年来他一直都不明白妻子与自己分手的原因。分手后人们都以世俗的怀疑眼光看他，以为他另有新欢，以为他包二奶。因为，现在的感情世界已回到了远古时代，开始向动物时代迈进。

妻子不要孩子，只要那间出租给别人住的单元房。离婚后不久，安仔爸爸听说妻子把房子卖了。"女人真是不可理解的动物"。安仔的爸爸常这样想，也以这种眼光看世界上的所有女人。

安仔上五年级的某一天，像往常一样，爸爸开着车接他回家。"又是这个女人！"安仔对爸爸说，"我常在学校门口看见她。"爸爸开着车，没有注意到儿子说的什么女人。"每次都戴着帽子，还戴着太阳眼镜，以前还摸过我的头。"小轿车继续向前开，安仔从后玻璃窗看见那女人在向他招手，摇摇晃晃……

下午，爸爸突然接到一个电话，然后对安仔说："跟我走。"他俩来到山顶医院，走进一间病房，爸爸说了一句："你怎么搞成这样？安仔！叫妈妈！"

"妈妈？我妈妈很漂亮！"安仔看到躺在病床上的是一个面黄肌瘦、头顶光秃的垂死之人。听到安仔的话，那女人拼命地找假发。

"我舍不得你们，可我得的是绝症。因为化疗，我的头发都掉光了，我看过能找到的医生，都没有结果。房子的钱也被我用光了。"安仔的妈妈伤心地哭了，"我常去学校，远远地看着你们。我本想一个人悄悄地离开这个世界，可我没做到……"

鹦鹉

"连小鸟都知道钞票可爱。"

我正在给照片分类，这是我和吴应观看一次小型驯鸟表演时照的。我手上这张是吴应与驯鸟师的合影，驯鸟师手上的鹦鹉正衔着一张红色的百元钞票。我顺手拿给吴应，随口说了上面的话。

吴应是我的小学同学，身体自小就比较弱。每次劳动时，他总是得到老师的照顾，做一些比较轻的工作。他读书成绩一般，却善解师意，深得老师宠爱。那个年代常以"分不清麦子、韭菜"来自嘲，表示谦虚，吴应在这方面学得最好。其实分得出麦子、韭菜不一定是圣贤，分不清麦子、韭菜也未必其他方面一无是处。老师有一次教"鹦鹉学舌"时，有同学将这个成语反过来读，吴应从此得到了一个外号：鹦鹉。

长大后，大家各奔东西。为了生活，我移居澳门，并加入了同乡会，扩大了社交圈子。由于能简单地写上几笔，得到一个副秘书长的头衔。这完全是义务性质的，有庆典时还要自掏腰包。一次同乡会二十周年会庆，邀请了内地嘉宾来助兴，我意外地见到了老同学吴应，他已是某半官方联合会的领导。由于是同学之故，庆典以外的活动由我陪吴应去玩，观看驯鸟表演是其中的一项活动。

吴应在看照片，心不在焉，多次欲言又止。为了方便他以后的工作，我把一些发财老同学的联系方式告诉了他，吴应做了详细记录。我开始对他的敬业精神有了初步的了解。

"你能帮我开一张发票回去报销吗？"吴应终于忍不住开口了，"参加你们庆典的食宿发票。"

"你们的食宿由我们同乡会全包。有人跟你收费？"我大吃一惊。

"没有。"听到吴应的话，我提起的心落回到了原来的位置。

"那为什么要开发票？"我不解。

吴应拿出他与驯鸟师的合影照片对我说："你不说'连小鸟都知道钞票可爱'吗？我们单位并不知道你们包食宿，大家都这么干。"

我哑然。吴应要求开一张三倍的食宿发票回去报销，我说自己人微言轻，定不了，由领导处理。吴应说我跟领导说就可以了。吴应离开澳门时拿到了满意的发票。

吴应变了，变成了一只鹦鹉，一只巨大的鹦鹉。它嘴中衔着一块墙脚石。

握手

　　澳门嘉露米耶圆形地的露天舞台上，一名男歌手在乐队的伴奏声中放声歌唱，此时正在举办东南亚美食节。我与父亲站在圆形地的边缘品尝着椰丝糯米点心。点心外面包着几层竹叶，油太多，弄得满手都是。父亲说这是我小时候常吃的食品，可我已经没什么印象了，那时我还不到五岁。

　　这时，舞台前出现了一名议员，正在与人们握手，互相问候。看到人们握手的情景，我突然想到一句名言：名人与凡人握手，是亲切；凡人与名人握手，是巴结。我把满嘴的食物咽了下去，笑了起来。父亲不知我为何笑，看了我一眼。我给父亲看手上的油，做出准备与他握手的样子。父亲说他不打算"亲切"。真是倒霉，我今天忘记带纸巾了。

　　台上换了穿古式缅装的女演员表演缅甸宫廷舞，我努力回忆十二年前的往事。那时我在仰光生活，只记得人们在游行、破坏、抢劫商店，还有枪声……后来，父母带着我和姐姐逃离了我们出生的都市。还是握手好！不管是亲切，还是巴结，比可怕的枪声好上千万倍！

突然，父亲身边多了两个人，其中一位是刚才跟人们亲切握手的议员。父亲与他们寒暄几句后，向议员介绍："这是我的儿子。"

我非常有礼貌地对议员说："您好！"我非常担心议员向我表示"亲切"，还好议员没伸出右手。他应该注意到了我的右手一直放到背后。议员用粤语问我是哪所学校的，我告诉他是珠海二中。他就转用普通话和我交谈，其实我的粤语讲得很好。我想他一定奇怪我为什么不和他握手。

议员转去别处继续"亲切"了，父亲诙谐地说："议员失去了一次'亲切'的机会，因你手上有油。"说完自己先笑了。

今晚的握手除了"亲切"外，还有一层更深的意义，是政治生态平衡的一种表现。我并不在乎失去了一次握手的机会，不过，我会在漫长的人生路上制造更多的"握手"。

担保人

　　姚东山在北市的街头游荡已有一个多月的时间了，他在找"东山汽车维修行"的合伙人之一雷小元。姚东山见到熟人就问雷小元的下落，可雷小元如石沉大海，杳无音信。

　　姚东山从澳门到北市创业，先是开出租汽车，他一直努力工作，几年后经营了以他名字命名的"东山汽车维修行"。两年前他认识了雷小元，他三十多岁，开出租汽车，修理汽车是他的强项。雷小元生活检点，从不拈花惹草，也烟酒不沾，在北市有一个二十坪①的房子，还有一个刚满周岁的孩子。姚东山与他合作得十分愉快。

　　半年前雷小元说他的房子要典当，因他急需一笔钱，要姚东山做个担保人。这房子确实是雷小元的，这有何难？热

————————————

①坪：一坪约等于3.3平方米，是日本的面积单位。

心肠的姚东山不但知道雷小元是业主，还到过雷小元的家，见过雷太太，于是便毫不犹豫地在担保人一栏上签了名。

一个多月前，雷小元突然消失了，还换来了几名自称是某道上的彪形大汉。他们手上拿着雷小元典当的房契，上面有姚东山的大名，房子典当价是一百五十万新台币。

"这小子欠了我们的钱，远远不止这个数字。你是担保人，他的房子已连当四次了，你签名的这张是第四次，跑了和尚跑不了庙，你要负责……"

"东山汽车维修行"因此成了某道上人物的产业，姚东山认为这是雷小元设下的圈套。他现在找雷小元，并不指望能要回这间"东山汽车维修行"，只是想问他良心何在。

皇天不负有心人，姚东山终于在街上撞见了雷太太。说明来意之后，雷太太把姚东山带到家，见到的雷小元，居然是神位上的黑白遗像。雷太太流着泪说："雷小元好赌，欠下了上千万的赌债，最终无力偿还，在南部被人杀死了，已有两个多月了。"

姚东山不由得走近神位，点了三炷香，死者为大！

雷小元三岁的孩子哭了，本来追债的他，从口袋里掏出一张五百面额的钞票，塞到孩子的手中，他发誓永不做担保人。

窗口

　　"这是东亚地区最早的灯塔。"小郑和老虞在阿峰的介绍下，从出租车玻璃窗望出去，看到竖立在松山顶正在发射探照灯的灯塔。他俩是从东海之滨来的记者和摄影师，在世纪末回归前采访澳门的独特风采。

　　"你应该带他们去看艳舞！"出租车司机用粤语对阿峰说，"那是一百岁以下的成年人都适合的娱乐。"阿峰将出租车司机的话用普通话翻译给小郑和老虞。他们告诉阿峰，这次是跟旅行团来的，其他团友都去看艳舞了，他们有采访任务所以不去了。"去议事亭。"阿峰对司机说。

　　古老的庙宇和教堂在这块土地上和平共处，东西方的文明在这里碰撞、会聚、升华。这里曾是中国看世界，世界看中国的一个窗口。小郑和老虞在阿峰的介绍之下，在黑白间隔的石子路上，在梦幻般的喷泉之前，记录下古老的市政厅历史，并将仁慈堂等摄入镜头。他俩在澳门的心脏地区找到了素材。

"这里本来有一座议事亭，也就是明朝时的一座中式园林楼宇建筑……"阿峰把小郑和老虞带回到古老的年代，明朝的官员和葡萄牙人在此处理民事纠纷……这里原本还有一块石碑，在鸦片战争之后被毁坏了……

采访工人球场的舞狮、舞龙的团体则是东海客人获得的第一手资料，葡京酒店的夜景，美丽独特的澳门风光，给停留二十四小时的小郑和老虞留下了深刻的印象：澳门是一座有如博物馆一般的城市。

阿峰对出租车司机说："南粤酒店。"出租车顺着海边马路驶去，小郑和老虞看着隔海的凼仔岛灯光闪烁。这个曾有"窗口"美誉的城市，在二十世纪末再次成为全球的焦点。

"这真的是一个很特别的窗口。"老虞突发感慨。

"这个窗口一借竟是几个世纪，还好最后做到了好借好还，这'窗口'的回归是处理历史遗留问题的典范！"小郑在澳门回归前说了一句意义深远的话。

一张船票

　　"阿生！我买船票回香港还差二十五元，能否帮个忙？"三十五岁的芮克手拿一张红色百元港钞，非常有礼貌地对从天桥走入澳门客运码头的中年男子说，"今天运气不好……"芮克自言自语，其实是说给中年男子听的。

　　这位满面春风的中年男子看了芮克一眼，瞬间判断这人肯定是一个到澳门找快钱的同乡。中年男子掏出皮夹，取出三张绿色十元面额的港钞给芮克。在芮克的"多谢"声中，中年男子非常有风度地走向码头的售票处。

　　芮克并没有去买船票，他看着中年男子买了船票迅速走进水警的检查大厅后，他又继续在码头游荡。他不是香港人，自从他的全部财产在赌场输光之后，他逢朋友就说："现在睡觉都特别熟，不用担心小偷来偷东西。"有时又会说："我只是先把钱借给赌场，以后我会连本带利全部拿回来的！"

　　此时芮克慢慢走近一个垃圾桶，竟看到一张过期的蓝色船票。他不顾旁边有人们吐下的痰，迅速捡起那张过期船票，然后走进洗手间。他听到背后有一名清洁女工用粤语在说："死扑街！畀佢快一步。"（畀佢：粤语，给他）这是一个极少人知道的秘密：每张船票有二十多元的入境税，过期的船票可以到售票处退税。只有码头的工作人员、保安、清洁工等人知道，百分之九十五以上的旅客是不知道的。芮克从洗手间出来之后，马上将过期的船票拿到售票处退税。

芮克又拿出那张唯一的红色百元港钞，在码头故技重演。这次，他见到一名身穿名贵皮袄的中年妇女。她迅速取出一张红色船票给芮克，这可是赌场免费赠送给赌客的头等船票。芮克等中年妇女走进检查大厅后，就取出红色船票以略低普通船票价向回港人员兜售。

在芮克向游客兜售船票时，背后有一只手接过船票，并说："马上给我消失，要不别说我不给你面子。"原来是码头的治安警察，他脸上露出得意的笑容。真是螳螂捕蝉，黄雀在后。

"当差大晒？你第三次收了我的头等船票。上一次你收了我的船票，叫保安去卖，然后到洗手间分钱……"芮克边走边说。

"闭嘴。你想死……"警员咬牙切齿地咆哮。

芮克往天桥方向跑去，迎面又是源源不断的回港客人，他又取出那张红色百元港钞……

银龙

　　小吴回到租住的家，打开门，第一眼见到的是一个大金鱼缸和两条足有一尺长的银龙鱼。这是三年前他到赌场博得的一次大彩，朋友告诉他银龙鱼的种种好处之后，他花了上千元买下来的。当时手上有一笔小钱，来得容易，用得也心安理得。两条银龙鱼也就成了这个家的唯一奢侈品。他顺手关了铁门，然后坐到鱼缸前，打开灯，看着两条游来游去的银龙鱼发呆。

　　小吴原来生活在中山的三乡，后来到澳门来探亲，遇到"大赦"，摇身一变，成了澳门居民，进入了一个新的环境。从此他一个人在澳门打工，逢节假日就回家小住。数小时前，他刚领了薪金，原本打算回家，看望妻子和两个孩子。可因为一时贪心，他在回家之前到赌场博了一博，打算捞一笔再回家，结果是猴子捞月亮，一场空暂且不说，连两个星期辛苦赚来的薪水也全交给赌场永久保管了。

小吴从桶中捞出两条小金鱼，放入大鱼缸中。两条小金鱼换了一个环境，并且是那么大的鱼缸，就开心地四处游动。小吴的脸上露出一丝苦笑，这几年来他见过不少小金鱼或其他小鱼初到大鱼缸时表现出的新鲜感，可它们的愉快是短暂的。此时一条银龙鱼慢慢游过来，张开大嘴，小金鱼还未明白是怎么回事，鱼头就被吞到了银龙鱼的嘴中，尾巴则在银龙鱼嘴边拼命地摆动。银龙鱼咽了一下，小金鱼的尾巴也消失了。又有条银龙鱼游向另一条小金鱼……

　　这种吞噬对小吴来说司空见惯，这一次他在小金鱼的尾巴消失的一刻，全身有如触电般的特殊感觉。他突然站了起来，这种从来没有过的感觉一下子扩散到了全身，悟道般似的他的头脑一下子开了窍。

　　年年有鱼（余），天天喂鱼，用鱼喂鱼，鱼死鱼大！这几年银龙鱼大了不少，代价是无数条小鱼的生命！这几年他希望银龙带给他财气，可他的生活依然如旧，没有什么变化，手上财气依然差。

　　他决定把银龙卖给水族馆，他才有钱回家。他也下决心戒赌，因为他发现这么多年来他就是鱼缸中的一条小金鱼！

旺熙伯

旺熙伯在这家公司工作已有四十年了，因为文化水平低，永远是一名普通纠察保安员。他看不起周围的"擦鞋仔""擦鞋佬"，上至经理，下至保安员，老板面前一个个奴颜婢膝，点头哈腰，恭恭敬敬，那样子使旺熙伯作呕。靠自己的劳力挣两餐，何必如此下贱！更可恶的是，这些"擦鞋仔""擦鞋佬"，等老板一走就开始偷懒，聚在一起讲老板各种可笑的故事，有的甚至臭骂老板。旺熙伯从不擦鞋，也不骂老板，因此他在公司人缘极差。

今天他的工作是守一条可容两百人的客船，海浪很小，船又被粗大的绳索拴着，即使有人故意将绳索解开，船都不易漂走，这么大的一条船。旺熙伯一个人看着船，望着海，百般无聊。此时他的 Call 机响了，是一位亲戚有急事找他。他知道公司上班时是不准离开工作岗位的，可他转念一想，破例一次应该可以吧！他检查好绳索，并将这里的小门锁上，凭经验，这个时候老板不会出现，船也绝对不会漂走。

　　"你整整离开工作岗位一个小时。"旺熙伯回来后经理向他转告老板的话。他呆住了。"你知道有两名员工在上夜班时下棋，立即就被老板炒鱿鱼（解雇）了。老板看你工作多年，立刻就解雇你太不给你面子了。你毕竟在公司服务了四十年，你自己看着办吧。"经理说完转身就走了。

　　旺熙伯开始坐立不安，他知道老板从来不讲情面。有一名保安值夜班，百般无聊，吃零食，喝啤酒，喝多了一点儿，没有醉，只是讲话时有酒味。那天老板清晨到了公司，保安员见老板大驾光临，在老板到来之前，拉开玻璃门迎接，并非常有礼貌地打招呼："老细！早晨！"老板闻到酒味后，马上就把那名保安给解雇了；还有一名夜班经理，常摆出一副"一人之下，万人之上"的姿态。有天晚上坐在写字楼，倒在靠背椅上，双脚则伸到办公桌上。过往的旅客透过玻璃窗可以看到他舒适的坐态。那天晚上老板不知何事来到公司，见到他这个样子，也当即就把他解雇了，即使是经理也不给面子。今天对旺熙伯网开一面大约是如经理所说他已在这里工作了四十年了。

　　公司的人都知道旺熙伯有难，平时被他鄙视的"擦鞋仔""擦鞋佬"都幸灾乐祸。旺熙伯则表面镇定，一副无所谓的样子，心里却十五只桶打水，七上八下的。此时正值二十世纪末金融风暴，全世界经济萧条，澳门也不例外。现在大学生找工作都困难，何况自己已过六十五岁开始领社会保障基金了，换工作谈何容易。在旺熙伯毫无头绪的时刻，老板的一位好朋友来找他。此人不是公司的职员，常与老板一同进出公司。

"你想不想继续留在公司工作？那你就要听我的话。你在工作时离开工作岗位去哪里都说不过去。你要先写自己的错误，违反了公司的规矩，说对不起公司，要求自动辞职。当然这一切全都是假的，只是做给其他人看的，要不老板下不了台，哪里还有威信？你知道我是老板的死党，我会为你求情的，保证没事。"

旺熙伯也知道他与老板关系密切，连这么一份检讨都写不好的旺熙伯，在来人的安排下，假检讨、假辞职的信全写好了。他千谢万谢老板的朋友，终于为他解决了困扰多时的烦恼，一下子他感到身心舒畅了。好人有好报，他可从来没有在背后骂过老板。

第二天旺熙伯被叫到经理室："老板同意你从今天开始辞职，并要我转告感谢你在公司服务这么多年。我稍后叫会计算清你这个月的薪水。"听了经理的话，旺熙伯目瞪口呆。

"不是说好只是写检讨、辞职信做个样子，我不是真的想要辞职，你是不是搞错了？"旺熙伯急了，他一下子无法接受辞职的现实。"我搞错了？白纸黑字写得一清二楚，是你做错事，自己辞职，老板已经签名了。"经理凶恶地说，他平时就看不惯旺熙伯倚老卖老。

"我要找老板的好朋友，那个常与老板进出公司的，叫什么……"旺熙伯真的不知老板朋友的姓名。

"找谁都没用。"经理说完给他一个红包，"这是老板给你的，你现在可以走了。"旺熙伯接过红包，突如其来的一切使他感到头昏脑涨，他的脚是因经理的最后一句话而移动，机械般地往门口迈去……

他听到有人在说话，声音不大："老板什么时候给过谁面子？以为自己是澳督！如果是我，炒就炒啦，有什么了不起。做了四十年，老板要赔好几十万，自己辞职，真是蠢到极点……"

无名氏

章氏，一名职业妇女，参加工作已有数十年，喜欢跳健身舞。这是从二十世纪末兴起的减肥最佳活动之一。章氏有一帮跳舞的妇女朋友，常聚在一起活动，有时到黑沙水库烧烤，有时组团到外地旅游。章氏除了有领导才能，还有一颗助人为乐的心。

"如果你们出版新书，要先通知我，我会支持，做力所能及的赞助。"章氏在电话里对我说。

我非常感动，出版书是一件辛苦的事，尤其是我们出版有关社会研究之类的冷门书，更是苦中作乐。自己写，自己编，认识的朋友支持、赞助，才凑足一笔印刷费，寄往外地朋友还要一大笔邮资。

几天后章氏来到我的办公室，拿出一本港币支票，问我要多少？我回答说："这是大家的事，随你心意。"她看了贴在墙上的捐款名单，由数百元至数千元不等，然后写了一张支票交给我。港币一千元！

我准备开收据，章氏声明不要将她的名字写出来，我不解。人过留名，雁过留声，人之常情。可章氏就能超越这常情。

我在捐款发票上写上"无名氏"，这是某些超越常情人士常用的代名词。《澳门日报》读者公益就常见捐款后落无名氏的。章氏看到这三个字很满意，她告诉我，有一次捐款给智障人士协会时，要求不落名，对方也是写"无名氏"。

可爱的"无名氏"族群，章氏是其中之一。

章氏，并不是小说中的虚构人物，是生活在澳门的一名职业妇女。

假魂灵

　　培把工厂的大门锁好之后，用一把特殊的钥匙把上班用的卡钟打开，将时间拨回到早上八点半。他手上有数十张上班卡，培戏称为"假魂灵"。

　　或许是未婚男子对少女会特别留意，蓉的出现给培留下了特殊的感觉。他通过办公室的玻璃窗留意她，觉得她笑得斯文。她一直忙着手里的工作，从没觉察到培对她的垂青。培不是没见过漂亮的少女，对蓉也没抱什么幻想，大约是合眼缘之故吧。

　　工厂在赶货，所以临时请了一批工人。这个年代真是僧多粥少，只要一张贴招工广告，来登记的工人就会源源不断，蓉就是这个时候来的。培听到她跟招工的同事说话，声音还蛮好听的。足足有一个星期，培的视线都在蓉的身上。他回家，记录下蓉每天穿衣服的式样……

　　培开始往卡钟上打卡，这是他的一项工作。这家工厂还有十多人上班，用吊盐水来形容再合适不过了。工厂不能关门，一定要摆出有这么一个工厂才能拿到出口配额。而有配额就要有一定数量的本地工人，这些工人就是培手中的卡。每一张就代表一个本地工人，他们偶尔来上班，工厂却把他们当正式工人往上报，不上班时由培负责打卡，一张代表一个"假魂灵"！而蓉就是其中之一，也是给培留下最多回忆的一个。

查厂前夕，工厂又安排了一场戏，冷冷清清的工厂一下子又堆满了衣服，车位也一下子戏剧性地急增数十人。等查厂的人员走后，所有的衣服及半成品又运回邻近地区，工人戏称为"衣服一日游"。

工厂老板历来讨厌查厂，培则刚好相反，他希望在查厂时见到蓉，但每次都失望。此时他手上拿着蓉的卡，在刹那间他停顿了一下，他对自己的"痴"感到好笑，但他接着打卡。

脑子里却抹不掉蓉的倩影，一名"假魂灵"！下一次查厂，她会出现吗？

桃痴

鲁品书种桃花是数十里内远近驰名的。他的住宅在一座小山边，山上只有野草。鲁品书靠山却没有吃山，他在村小学任教，一教就是十五年。他生性恬淡，有书有茶就能生活，而种桃花是他的爱好。

多年前，在一次黄昏中散步，他见到草丛中有三株小桃树，因为被野草淹没，长得又瘦又小。"这是可以长成大树的，可惜给不能成材的野草占去了生长空间。"鲁品书喃喃自语。他折回家，拿了一把锄头出来，将三棵桃树连根带土挖回家，种在屋后的小山边。

没想到三棵桃树得到鲁品书的特别照顾，长得很快。从此之后，鲁品书只要看到有野生的桃树就移栽。屋后的小山坡在数年之后变成了一座小桃花山。每逢开花季节的假日，鲁品书都会带着一本书、一壶茶，在此消磨时光。他喜爱桃花的美，更爱那沁入心脾的清香。而收桃的季节是他最开心的。听到有人摘几个桃，他只是耸一耸肩，一笑置之，对没经过他同意摘桃也不生气。

鲁品书古道热肠，乐于助人，却不准任何人去折他的桃花，尤其是最先种下的那三株，他会为此拼命。每逢春节前都有人劝他砍桃花去花市卖高价，这比收桃获利更多，他又是耸一耸肩，一笑置之。

城市扩建，鲁品书的住宅要拆掉，他将被安置到新建的教师住宅楼。小山也要被铲平，为照顾鲁品书的感受，政府决定将部分桃花移植到文化馆的小公园，那三株长得最大的桃树因没有地方移植，只好锯掉。鲁品书因此大病了一场。

之后，鲁品书偶尔去文化馆的小公园给桃树浇浇水，他对人说："每当我浇水时，桃树会感动。树是有感情的，只是它没有嘴说出来……"认同他的人几乎是零。

鲁品书一家安置到新的教师住宅楼后，他家有一条新规，禁止在家里的花瓶里插桃花。

西蒙的故事

　　当我拿出一张三十万港元的货款支票交给西蒙时，又见到了他脸上得意的笑容。说起来这已是五年前的事了，西蒙是一家香港供货商的门市部经理，我任职的公司所需的原料要到香港购买。那时我任职一家生产工厂采购部的采购员，到香港买货时顺便送公司购料的货款。最高峰时，每月都有近百万的生意。那是二十世纪末金融风暴之前的事了。

　　与西蒙认识有十年了，当时他入行不久，我要买的原料他都能提供，后来我才知道他是在附近的供货商处转买的，价钱高一点，却解决了公司的燃眉之急。他收妥支票后，去翻报纸，然后对我说："你看，我跳拉丁舞得了三等奖。"

　　从报纸上看到西蒙与一位苗条女伴摆出了优美的姿势。报上的图太小，看不清女子的脸。西蒙小声告诉我："是同事，也是总经理的千金。"见到西蒙一脸诡异的表情，我感到这不是一般舞伴那么单纯。以往在小说中才会见到的情节，一下子浮现在我眼前，我饶有兴趣地听西蒙诉说他的罗曼史。

"我们在一起工作多年，部门不同，没什么感觉，后来一起去跳舞，才开始来电。前一段时间，我跟她说跳拉丁舞可以减肥，就是从那时开始的。"

我嘴上没说，心里却道：你搂我抱，不擦出火花才怪。一般的恋爱规律是先语言后拥抱，你小子倒转进行，连语言都省了。

"你不妨也去跳拉丁舞，减肥效果特好。"

"咪搞我（粤语，意为我不跟随），二十年前可以想一想。中年胖子很正常，我不需要减肥，更不敢去交什么运。"

西蒙说年底结婚，并说一定要请我。那是一个巨大的红色炸弹，我答应一定到香港参加，这毕竟有那么一点"灰姑娘"的成分，此时只是倒转角色。在回澳门的喷气船上，我详细记录到"火花之页"中。

我任职的公司订单直线下降，并开始裁员，还有自动离职另谋高就的。我上班时就开着电脑读名著，知道自己会很快离职。我终于告别了渐渐式微的制造业，也结束了到香港采购的工作，那是一段值得留恋的日子。因为我是一位受欢迎的人物，我在选择物料、大笔购买之余兼送公司购物的货款，手上经常有一沓儿支票。深水埗的商人们称我是"财神"或"运财童子"。如果我重弹"世上最受人们青睐的是金钱"

178

的老调，还可以旧药重换新装。

我离职后，这一切都成为过去了，除西蒙外，所有人都把我忘了。我转行后，他从香港打了很多次长途电话跟我叙旧。大约是过去做过大生意；也可能我是唯一赴香港参加他婚礼的澳门人；或许是我代他投过一篇散文到《澳门日报》，是他一生中唯一发表的作品，当时在他任职的公司成了一个小小的话题；还可能是我随口赞了他优美的舞姿……

"西蒙，你好吗？是不是做父亲了？"我高兴地问。

"不好！还不敢做父亲，目前碰到困难了，所以打电话跟你商量商量。我对你说过，婚后我另立门户，生意还可以。可竞争太激烈，过去可以分期付款，或一个月后付款。现在经济环境差，要现金交易，生意自然少了。我冒险放了几批货，结果撞板（粤语意为挫折、碰壁）了，现在是血本无归。一时周转不过来，想求你帮忙。"

"喂！西蒙！我有没有听错？你岳父在香港半山区有豪宅，有几家公司。有困难叫你太太开一下口，有什么问题解决不了？要求我这个打工仔？"我感到大事不好，他对我的经济状况了解较多，如果不是万不得已，他不会向我开口。

"嫁出去的女儿泼出去的水！生意场上无父子，何况是岳父！同行如敌国！怎么可能有来往？"我听到西蒙的话心里蒙上了一层阴影。我提起过去认识的几个老板，西蒙说他们今非昔比，风光不再了，从他们的购货量就知道生意已一落千丈、自顾不暇了，西蒙开始兼职工作，太太也出去打工。记得在香港时，她是属于追名牌一族，当时我觉得他们与我不同，是另一个阶层的人。

最后我终于弄明白了，西蒙急需三十万港元。这个数字在这个地球上的任何一个国家都不是一笔小数目，西蒙要我找朋友，看看谁有闲钱，不过千万不要找地下钱庄，否则死得更快！

商场险象环生，我从不敢涉足。我以为西蒙大树底下好乘凉，有一个富有的岳父关照着，看来也不是那么一回事。去向谁借三十万？我有没有能力？西蒙会不会渡过难关？他脸上还能不能浮现出得意的笑容……

触角

　　魏毅工作出了成绩，上级将他提升为营业部的副经理，他的工作更忙了。此时他正在九龙深水埗办公室里处理文件，将客户的订单输入计算机，并迅速传真数据到韩国、中国台湾的工厂订货。

　　"魏生！澳门Ｓ公司的胡生来访。"传达小姐领着一位西装笔挺、戴着一副近视眼镜的老板级人物到魏毅的办公桌前。魏毅马上与胡先生握手寒暄，他是魏毅的大客户之一。魏毅感到办公室里十几双眼睛全射向自己，像无形的触角在探索他与胡先生之间的秘密，胡先生是Ｓ公司董事总经理。

　　"请坐！"魏毅指了指专给客人坐的椅子。

　　胡先生摇摇头。他扫了一眼办公室其他员工说："我要跟你单独谈。"魏毅想了一下说"请跟我来"，然后带胡先生来到一间摆设精雅的房间。这是一间专门谈生意用的办公室，平时关着门。他忙着开灯、开空调，并给胡先生倒了一杯蒸馏水，然后把房门关上。

"我们公司向贵公司购买的物料逐月上升，上个月已突破一百万港元。我们公司的采购员有没有向你们公司提出'回扣'之事？"胡先生开门见山地说明来意，并且双眼注视着魏毅脸上的表情，像一部 X 光透视机。魏毅感到眼光中有更可怕的触角。原来是这么回事，魏毅的心平静了许多。他原以为是对方订购的物料出问题了，那胡先生可是破财之访。他原本吊着的心终于放了下来。

"绝对没有回扣的事，一切账目都是……"魏毅真诚的表情使澳门的胡先生相信所言属实。

"我提升他做采购员是因为他老实、本质好。可这里是商业社会，商场上的人会教坏他。没有最好！有空到我们那边博一博时，先给我电话，我请你吃饭。"胡先生似乎暗示对方也有教坏自己员工的可能，魏毅听得出弦外之音。

魏毅有如解脱般地与胡先生走出了房间，然后送他出办公室。同事的眼光又集中到他身上，触角……他不理会。魏毅已帮对方的职员澄清老板对他的怀疑，而自己何苦不是有相同的命运！为了竞争，他有一单货降了一点儿价，有同事打小报告说是因为对方给自己好处才降价。

魏毅送走胡先生后回到刚才的房间，手中多了一盒录音带。他开空调时，开了录音机。这房间有这种设施，只有副经理以上级别的人才知道。

一只名贵的手袋

　　阿伯拉汉从行李中取出一只名贵的手袋，放在设计室的桌子上。然后，他拿出相机，开始给手袋拍照，正面、侧面、反面各拍了两张。拍完后，阿伯拉汉用内线电话打给了设计员巴兹尔，叫他到设计室来一趟。

　　"这只手袋价值四千港元，你看这个款式，高贵又漂亮。我需要这只手袋的详细规格，你马上去处理一下。"阿伯拉汉边说边摸着下巴上那一小撮山羊胡子。

　　"明白，老板！我马上去处理。要不要照样做一个出来？"巴兹尔知道老板的下一步计划。

　　阿伯拉汉点点头。"喂！你量尺寸时，一定要小心，手袋上不能有任何摩擦过的痕迹，下班前还要原装包好交给我。"

　　"明白！我会戴上手套。"巴兹尔不知道老板为何对这只手袋如此情有独钟，办公室里的其他手袋样品也不便宜，只是这一只更贵一点儿。

阿伯拉汉是一名手袋批发商，这只手袋是他在不久前的一次商品展上购得的。他公司里的员工只要有一只手袋样品，就能照款式做出仿制品，几乎可以乱真。所以，他才花本钱买下来。只为一个款式，花这么多钱是有点儿心疼，可他转念一想，买这只手袋除了可以投资生产外，还有另外一个用途。

阿伯拉汉下班回到家，照例先拥抱妻子。

"我有一件礼物送给你。"阿伯拉汉从行李中取出一个彩纸包装的盒子，然后交给太太，"看看喜不喜欢？"

妻子接过礼物，迫不及待地撕开彩纸。一个透明的塑料盒装着一只精美的手袋，还有发票，竟有四千港元！妻子一时呆了。她温柔地望着丈夫，之后就是一个香吻。

"阿伯拉汉！我亲爱的，你真好！男人看手表，女人看手袋，我终于有一只名贵手袋了。"说完又给了丈夫几个香吻……

贫薪综合征

　　每月发薪水的日子，莫帮仁是绝对见不到老板的，也绝对挤不出一点儿笑容的。今天他从会计手上接过现金，没精打采地回到自己的岗位。其他同事的表情竟也全像他一样，这是 K 公司全体职员集体染上的"贫薪综合征"。

　　不能说 K 公司是一家倒霉的公司，也不能说 K 公司的老板是一个小气的老板，因有实事为证：四年前，在发薪水的日子，由老板发给每一位员工，另外还有一个红包，那是生意火红的时候。那时候公司生意特别好，什么古董、古玩都有人买，买东西的比卖家都着急。K 公司的老板有时还带全体员工到邻埠一日游，还有海鲜大餐等。在回程的喷气船上，老板还宣布了一个使全体员工兴奋而又意外的消息：下半年到泰国去看人妖表演……

　　莫帮仁的亲友都说 K 老板是小城中少见的好老板，要他努力做好这份工作。

四年过去了，看人妖表演只是一张不能兑现的空头支票。不去泰国也没有什么，K老板说为了发展公司的业务，每位员工分一定数量的股份，每位员工都是股东。薪水每月先支一半，余下的年底一起付清。算是帮公司，全体员工都有责任感，莫帮仁等人觉得这个建议也不错，就接受了。

　　时也？命也？运也？还是世界性金融危机？不得而知。四年之后莫帮仁等职员全得了严重的"贫薪综合征"，病情还在逐渐加深，这种怪病的解药在老板手中。莫帮仁等向老板要了多次解药，老板的答复是：解药的配方还在研究阶段！老板一到年底就会消失一段时间，拖欠的薪水长达四年。因为是股东制，打官司也解决不了问题。

　　莫帮仁在第五年才知道真相，老板在顺利时以为自己"行运一条龙"，非常豪气地大赌了几次，可结果不但没有收获，反而欠下贵利，才在公司美其名曰：发展业务，集体管理公司，股东制……并非受到了二十世纪末的世界金融危机的影响，而是自作孽！莫帮仁离开了K公司，身上残留下无药医治的"贫薪综合征"。

立春前后

　　小马怀着忐忑不安的心情慢慢走进总经理阮先生的办公室。像往常一样，总经理坐在办公室的椅子上，桌上有一个模型小铜炮正对着小马。

　　阮先生停下手中正在写字的笔，抬起已经秃了的头。小马看到他眼镜后的目光，又流露出不满的神情。

　　"你怎么搞的？为何不将仓库的物料送去裁床？我真的不明白，你应该知道年底的工作有多忙，我们要争分夺秒！数百名工人是不能等的，停一下厂，我的损失就会很大。你能负责吗？"小马不明白的是，年底的天气这么冷，阮先生的脾气怎么会这样大。

　　"工厂根本没有停过，昨天才送上去一卡车的物料。今天有一批物料已到码头，我收齐后明天就送物料上工厂。"小马希望有机会解释。

　　"你应该学会照我的指示去做事，而不是找一些话来反驳老板！现在你明白我的意思了吗？"

"明白！我马上去安排。"

小马走出总经理办公室，越来越觉得到阮先生不可理喻，莫名其妙。不足一车货送到工厂，他就怀疑小马同司机合赚他的运输费。为了不让疑神疑鬼的总经理再找他的麻烦，他小心翼翼地把所有工作都做好，尽可能地减少浪费。怀着极差的心情小马回到了他管理的仓库，把事情的经果告诉了与自己一起工作的老马。

"年轻人，不要生气。你有没有注意到阮先生不停地讲亏损？这是港澳地区小老板的一种通病，已经流传很多年了，发病期就在立春前后，一般在春节后的一个多月才会恢复过来。"老马在卖关子。

"这是什么怪病？"小马一头雾水。

"年关难过！"

附录

至情至性，妙手偶成

——记许均铨和他的作品

魏金树

　　偶尔的机会，我读到一本叫《世界华文微型小说大观》的书，被其中一篇名叫《钻石婚》的小说吸引住了，文笔朴实无华，情节生动感人。一看作者，哦，原来是我的神交故友许均铨。

　　说是神交，因为我们从来没有见过面，甚至连电话都没有打过；说是故友，因为我们相识已经十多年了，关系极为密切。

　　与许均铨先生的相识，源于一次文学作品征文。他作为为数不多的海外投稿者，所以引起了我的格外注意。十多年来，我们的联系几乎没有中断过，我如果在澳门发表了作品，他总是在第一时间给我寄来样报（《澳门日报》一般不给寄样报）。如实在拿不到样报，他也会复印一份过来，这便让我非常感动，由此也可见他的热心和真诚。

　　在澳门，许先生算得上一位知名人士，也许正是由于他

190

的热心和诚恳，所以在社会上兼任了许多闲职。估计做这些事不会有什么实惠，他这样做的主要目的还是为了尽自己的能力，为社会、为别人多做一些事情。

他做着这些繁杂的事务，同时还做着一份实业，可以想见，他平时是何其的忙碌。然而，他总能把这些杂乱无章的事务理出头绪来，将每一件事都打理得井井有条，细致入微。更为重要的是，他业余还从事文学创作，不断写出令人艳美的好文章。他的作品，在内地，乃至整个华文文学界都占据了很重要的一席之地。

许均铨先生的作品，以小小说居多，在澳门的小小说领域，他算得上一个标志性人物了。他善于从平常的生活中，发现那些有价值的闪光点，经过他的妙手点化，便成了一篇篇洋溢着浓郁生活气息的文学作品。他用自己的心灵直接触摸文学的脉搏，写出了人的真性情，所以才更能令人感动，让人产生共鸣。

比如上面提到的《钻石婚》，就是一篇真挚感人的作品。文中通过"我"为一对老年夫妇送东西的所见所闻，揭开了一段可歌可泣的爱情。两位老人相依为命，相濡以沫，直到白头偕老，都始终非常珍惜这段美丽的情感。可子孙们却很漠然，于是老人真切感到了一种晚年的凄凉。读到这里，"我"也被深深地感动了，并遗憾没有带一份纪念日的贺礼来。透过文章的表象，我们看到了一种沉重的沧桑和浓郁的世态人情，让我们真切地感受到人性的博大和复杂，并不由自主地对人生做了一次深层次的思考。

《有佛心的人》则通过一位女士营救一只小巴西龟，颂扬了爱的力量。"世间的一切都有生命，都应有一个生存的空间"，许均铨先生的文章中处处充满着玄机和禅意。在这位女士身上，我们可以依稀看到许均铨先生的影子。许均铨先生原本也是一位"有佛心的人"。

再比如《握手》一文，也写得颇有理趣：当人们争相与议员握手时，"我"却没有伸出手，只是礼貌地说了声"您好"，原因是"手上有油"。读到这里让人忍俊不禁，文中还特别提到"还是握手好，不管是亲切还是巴结，比枪声要好上万倍"。由此引发了读者的许多联想，于是作品的主题也无限地深化了。

上述提到的几篇作品并不是他写得最好的，却有着一定的代表性，可以窥见许均铨先生的创作风格。还有许多优秀的作品，在此不再一一列举，无论哪篇作品，他都写得那么富有理趣，都洋溢着人间难能可贵得的真性情。透过这些至情至性的文章，我们可以看到他至情至性的为人。

许均铨先生讲义气，重友情，心地淳朴而善良，他的这种真性情也赢得了许多知心朋友。于是，包括我在内的朋友们，虽然联系不多，且相隔数千里，却感觉不到心理的距离。

正因如此，许均铨先生有着十足的人格魅力。与他相识，也算是一种缘分吧。

许均铨先生本人，值得交往；许均铨先生的作品，值得一读！